तेजज्ञान ग्लोबल फाउण्डेशन

स्वसंवाद का जादू

अपना रिमोट कंट्रोल कैसे प्राप्त करें

स्वीकार मुद्रा

सरश्री की आध्यात्मिक खोज का सफर उनके बचपन से प्रारंभ हो गया था। इस खोज के दौरान उन्होंने अनेक प्रकार की पुस्तकों का अध्ययन किया। अपने आध्यात्मिक अनुसंधान के दौरान उन्होंने लगभग सभी ध्यान पद्धतियों का भी अभ्यास किया। उनकी इसी खोज ने उन्हें कई वैचारिक और शैक्षणिक संस्थानों की ओर बढ़ाया। जीवन का रहस्य समझने के लिए उन्होंने **एक लंबी अवधि तक मनन करते हुए अपनी खोज जारी रखी, जिसके अंत में उन्हें आत्मबोध प्राप्त हुआ।** आत्मसाक्षात्कार के बाद उन्होंने जाना कि **अध्यात्म का हर मार्ग जिस कड़ी से जुड़ा है वह है– समझ (अंडरस्टैण्डिंग)।** उसके बाद उन्होंने अपने तत्कालीन अध्यापन कार्य को विराम लगाते हुए, लगभग दो दशकों से भी अधिक समय अपना समस्त जीवन मानव कल्याण के आध्यात्मिक विकास हेतु अर्पण किया है।

सरश्री कहते हैं, 'सत्य के सभी मार्गों की शुरुआत अलग-अलग प्रकार से होती है लेकिन सभी के अंत में एक ही समझ प्राप्त होती है। **'समझ' ही सब कुछ है और यह 'समझ' अपने आपमें पूर्ण है।** आध्यात्मिक ज्ञान प्राप्ति के लिए इस 'समझ' का श्रवण ही पर्याप्त है।' इसी समझ को उजागर करने के लिए उन्होंने आज तक **तीन हज़ार से अधिक आध्यात्मिक विषयों पर प्रवचन दिए हैं,** जिनके द्वारा वे अध्यात्म की गहरी संकल्पनाएँ सीधे और व्यावहारिक रूप में समझाते हैं। समाज के हर स्तर का इंसान सरश्री द्वारा बताई जा रही समझ का लाभ ले सकता है। यह समझ हरेक को अपने अनुभव से प्राप्त हो इसलिए सरश्री ने **'महाआसमानी परम ज्ञान शिविर'** और उसके लिए आवश्यक कार्यप्रणाली (सिस्टम) की रचना की है, **जिसका लाभ लाखों खोजी ले रहे हैं।** यह व्यवस्था आय.एस.ओ. (ISO 9001:2015) प्रमाणित है, जिसने अनेक लोगों को सत्य की राह पर चलने की प्रेरणा दी है। इसी समझ के प्रचार और प्रसार के लिए उन्होंने 'तेजज्ञान फाउण्डेशन' नामक आध्यात्मिक संस्था की नींव रखी है। इस संस्था का मुख्य उद्देश्य है– **'हॅपी थॉट्स द्वारा उच्चतम विकसित समाज का निर्माण'**।

सरश्री को **बेस्टसेलर पुस्तक 'विचार नियम' श्रृंखला के रचनाकार** के रूप में भी जाना जाता है, जिसकी **१ करोड़ से ज़्यादा प्रतियाँ केवल ५ सालों** में वितरित हो चुकी हैं। इसके अलावा उन्होंने विविध विषयों पर **१०० से अधिक पुस्तकों का लेखन** किया है, जिनमें से *'विचार नियम', 'स्वसंवाद का जादू', 'स्वयं का सामना', 'स्वीकार का जादू', 'निःशब्द संवाद का जादू', 'संपूर्ण ध्यान' आदि* पुस्तकें बेस्टसेलर बन चुकी हैं। ये पुस्तकें दस से अधिक भाषाओं में अनुवादित की जा चुकी हैं और प्रमुख प्रकाशकों द्वारा प्रकाशित की गई हैं, जैसे पेंगुइन बुक्स, जैको बुक्स, मंजुल पब्लिशिंग हाऊस, प्रभात प्रकाशन, राजपाल (ऍण्ड) सन्स, पेंटागॉन प्रेस, सकाळ प्रकाशन इत्यादि।

सरश्री द्वारा रचित श्रेष्ठ पुस्तकें

१. इन पुस्तकों द्वारा आध्यात्मिक विकास करें
- निःशब्द संवाद का जादू – जीवन की १११ जिज्ञासाओं का समाधान
- विचार नियम – आपकी कामयाबी का रहस्य
- राजयोग गीता – असाधारण समर्पण युक्ति
- ली गीता ला – लीला और गीता का अनोखा संगम और प्रारंभ
- गीता यज्ञ – कर्मफल और सफल फल रहस्य
- सत् चित्त आनंद – आपके ६० सवाल और २४ घंटे
- समर्पण का अद्भुत राजमार्ग – पूर्ण त्याग और अर्पण शक्ति का जादू
- गीता संन्यास – कर्मसंन्यासयोग
- मन को वश में करने की संयम गीता सत् चित्त मन युक्ति
- ज्ञान विज्ञान अक्षर गीता अज्ञान के लिए सद्गति युक्ति
- भक्ति क्षेत्र-क्षेत्रज्ञ ज्ञान गीता यथार्थ जीवन जीने की युक्ति
- दैव और असुर के पार श्रद्धा गीता
- जीवन-जन्म के उद्देश्य की तलाश – खाली होने का महासुख कैसे प्राप्त करें

२. इन पुस्तकों द्वारा स्वमदद करें
- सुनहरा नियम – रिश्तों में नई सुगंध
- डर नाम की कोई चीज़ नहीं – अपने मस्तिष्क में विकास के नए रास्ते कैसे बनाएँ
- नींव नाइन्टी – नैतिक मूल्यों की संपत्ति
- स्वीकार का जादू
- संपूर्ण प्रशिक्षण
- समग्र लोकव्यवहार – मित्रता और रिश्ते निभाने की कला

३. इन पुस्तकों द्वारा हर समस्या का समाधान पाएँ
- स्वास्थ्य त्रिकोण – स्वास्थ्य संपन्न
- खुशी का रहस्य – सुख पाएँ, दुःख भगाएँ : ३० दिन में
- रिश्तों में नई रोशनी
- समय नियोजन के नियम – समय संभालो, सब संभलेगा

४. इन आध्यात्मिक उपन्यासों द्वारा जीवन के गहरे सत्य जानें
- मृत्यु पर विजय – मृत्युंजय
- स्वयं का सामना – हरक्युलिस की आंतरिक खोज
- सन ऑफ बुद्धा – जागृति का सूरज

POWER OF SELF TALK

स्वसंवाद का जादू
अपना रिमोट कंट्रोल कैसे प्राप्त करें

सरश्री

बेस्टसेलर पुस्तक
'विचार नियम'
के रचयिता

स्वसंवाद का जादू – अपना रिमोट कंट्रोल कैसे प्राप्त करें

© Tejgyan Global Foundation

All Rights Reserved 2011.

Tejgyan Global Foundation is a charitable organization with its headquarters in Pune, India.

सर्वाधिकार सुरक्षित

वॉव पब्लिशिंग्ज् प्रा. लि. द्वारा प्रकाशित यह पुस्तक इस शर्त पर विक्रय की जा रही है कि प्रकाशक की लिखित पूर्वानुमति के बिना इसे व्यावसायिक अथवा अन्य किसी भी रूप में उपयोग नहीं किया जा सकता। इसे पुनः प्रकाशित कर बेचा या किराए पर नहीं दिया जा सकता तथा जिल्दबंद या खुले किसी भी अन्य रूप में पाठकों के मध्य इसका परिचालन नहीं किया जा सकता। ये सभी शर्तें पुस्तक के खरीददार पर भी लागू होंगी। इस संदर्भ में सभी प्रकाशनाधिकार सुरक्षित हैं। इस पुस्तक का आंशिक रूप में पुनः प्रकाशन या पुनः प्रकाशनार्थ अपने रिकॉर्ड में सुरक्षित रखने, इसे पुनः प्रस्तुत करने की प्रति अपनाने, इसका अनूदित रूप तैयार करने अथवा इलेक्ट्रॉनिक, मैकेनिकल, फोटोकॉपी और रिकॉर्डिंग आदि किसी भी पद्धति से इसका उपयोग करने हेतु समस्त प्रकाशनाधिकार रखनेवाले अधिकारी तथा पुस्तक के प्रकाशक की पूर्वानुमति लेना अनिवार्य है।

प्रथम संस्करण	: अक्तूबर २०११
रीप्रिंट	: मई २०१७
रीप्रिंट	: सितंबर २०१७
रीप्रिंट	: दिसंबर २०१८
प्रकाशक	: वॉव पब्लिशिंग्ज् प्रा.लि., पुणे

Swasanwad Ka Jadoo Apna Remote Control Kaise Prapt Karen

by **Sirshree** Tejparkhi

समर्पित
यह पुस्तक समर्पित है, आपके मन को,
जो स्वसंवाद की भाषा सीखने,
समझने और जीवन में अमल करने
के लिए तैयार हुआ है।

विषय सूची

	पुस्तक का लाभ कैसे लें	९
प्रस्तावना	अपना रिमोट कंट्रोल अपने हाथ में रखने की कामना करनेवाले स्वसंवाद सीखने से इनकार नहीं करते	१०
	हॅलो	
खण्ड १	**स्वसंवाद का स्वाद**	**१५-५१**
१	वही सुनें जो सुनाया जाए, वही कहें जो कहना चाहिए	१७
	क्या हम कान से सुनते हैं	
२	स्वसंवाद से ही हमारी दुनिया बनती है	२३
	सुख-दुःख रहस्य	
३	स्वसंवाद का आश्चर्य	३२
	तुम्हें कोई दुःखी नहीं कर सकता	
४	स्वसंवाद से विचारों को दिशा दें	३६
	सभी दुःखों की जड़ - स्वसंवाद	
५	स्वसंवाद और सामान्य बुद्धि	४०
	मंद बुद्धि के दुश्चक्र से बाहर आएँ	
६	स्वकुसंवाद - उत्तम जीवन में बाधा	४४
	एक अनोखी चीज	
खण्ड २	**जीवन की हर घटना में स्वसंवाद का जादू कैसे काम करे**	**५३- ७३**
१	सोच-समझकर स्वसंवाद करें	५५

स्वसंवाद का जादू * 6

	शून्य संदेश	
२	घटना की गेंद और स्वसंवाद	६०
	खयाली पुलाव कैसे रोकें	
३	स्वसंवाद संदेश	६४
	यह भी बदल जाएगा	
४	सही स्वसंवाद से घटना की सही कीमत लगाएँ	६९
	मैचबॉक्स वैल्यू	
खण्ड ३	**जीवन के विविध क्षेत्रों में स्वसंवाद का जादू कैसे काम करे**	**७५-१२०**
१	स्वसंवाद और संपूर्ण स्वास्थ्य	७७
	स्वसंवाद द्वारा रोग निवारण	
२	अपना रिमोट कंट्रोल कैसे प्राप्त करें	८३
	दो बार जीतें	
३	दुनिया बदलनी है तो कैसे बदलें	८९
	लोगों से रिश्ते अच्छे कैसे बनें	
४	स्वसंवाद और बॉडी लैंग्वेज	९५
	प्रार्थना से दूसरों में परिवर्तन कैसे करें	
५	स्वसंवाद से पैसे जाने का गम मिटाएँ	१०२
	धन के बदले धन्यवाद देना सीखें	
६	स्वसंवाद से अपने कार्य को व्यायाम बनाएँ	१०५
	रचनात्मक कार्य में बहाने बाधा हैं	
७	स्वसंवाद से कार्य की पूर्णता कैसे करें	१०९
	एक असरदार कार्यप्रणाली	
८	जेल में या खेल में	११४
	स्वसंवाद द्वारा नफरत से मुक्ति पाएँ	

खण्ड ४	कुदरत द्वारा मौन में स्वसंवाद का जादू कैसे काम करे	१२३-१४०
१	स्वसंवाद सेल्फ रिपोर्टिंग है *स्वयं को सही खबर कैसे दें*	१२५
२	दुःख का अनुभव स्वसंवाद द्वारा आनंद में बदलें *अभी और यहीं*	१२८
३	मौन में कुदरत से संवाद कैसे करें *उत्तम स्वसंवाद*	१३४
खण्ड ५	आओ स्वसंवाद का जादू सीखें	१४३-१६०
१	स्वसंवाद कैसे करें *उत्तम जीवन में विश्वास रखें*	१४५
२	हर दिन नए स्वसंवाद का लाभ कैसे लें *अपना विश्वास आज बदलें*	१५५
	परिशिष्ट	१६३-१७६

पुस्तक का लाभ कैसे लें

१) इस पुस्तक की प्रस्तावना ज़रूर पढ़ें। प्रस्तावना (हॅलो) में बहुत ही महत्वपूर्ण बातें समझाई गई हैं, जो आपको इस पुस्तक को समझने में मदद करेंगी।

२) यदि आपको अपने जीवन में स्वसंवाद के आश्चर्य देखने हैं और अपने विचारों को योग्य दिशा देनी है तो इस पुस्तक का पाँचवाँ खण्ड तुरंत पढ़ें।

३) जो लोग अपने जीवन में सभी लोगों से अच्छे रिश्ते बनाना चाहते हैं, वे इस पुस्तक के तीसरे खण्ड का भाग ३, ४, व ८ पढ़ें।

४) जो लोग कुदरत से संवाद साधना चाहते हैं, दुःख का अनुभव आनंद में बदलना चाहते हैं तथा स्वसंवाद द्वारा सेल्फ रिपोर्टिंग करना चाहते हैं, वे इस पुस्तक का चौथा खण्ड पहले पढ़ें।

५) इस पुस्तक के अलग-अलग भागों में कहानियों, उदाहरणों और वृत्तांतों द्वारा दी गई समझ अपने जीवन में उतारें। इन कहानियों में दिए गए मंत्र आपके जीवन में कारगर साबित होंगे।

६) यह पुस्तक पढ़ते वक्त अपने स्वसंवाद को जाँचें और पुस्तक में दी गई समझ के अनुसार उन्हें बदलें। इससे आपको स्वसंवाद का असर तुरंत समझ में आएगा।

७) हर दिन एक स्वसंवाद पढ़कर जो पुस्तक के दूसरे खण्ड के भाग ५ में दिया गया है, दिनभर दोहराते रहें। दूसरे दिन दूसरा स्वसंवाद लेकर उस पर काम करें। इस तरह महीने के अंत में आप ३० जादुई पंक्तियों पर काम कर चुके होंगे।

८) इस पुस्तक के स्वसंवादों में से जो भी स्वसंवाद आपके दिल को छूए और उपयोगी लगे, उन्हें अपनी डायरी में लिखकर रखें। जब भी समय मिले, तब आप अपनी डायरी खोलकर वे स्वसंवाद बार-बार पढ़ें।

९) यह पुस्तक नहीं एक कार्यशाला है। इसमें दिए गए स्वसंवाद के जादू का लाभ आज लाखों लोगों ने लिया है और ले रहे हैं। आप भी इसका लाभ ले सकते हैं।

हॅलो...

अपना रिमोट कंट्रोल अपने हाथ में रखने की कामना करनेवाले स्वसंवाद सीखने से इनकार नहीं करते

क्या आप अपने आप पर नियंत्रण दूर से रखवाते हैं या पास से रखते हैं ! जब आप दूसरों द्वारा दूर (रिमोट) से नियंत्रित (कंट्रोल) किए जाते हैं तब आपका रिमोट कंट्रोल दूसरों के हाथ में होता है। जब आप हृदय (तेजस्थान) के पास रहकर अनुशासित और आनंदित जीवन जीते हैं तब आपका रिमोट कंट्रोल आपके हाथ में होता है।

इंसान के जीवन का रिमोट कंट्रोल दो में बँटा होता है और

दो का जीवन धोखा होता है। जैसे कि

- मान-अपमान
- खुशी-गम
- सुख-दुःख
- अच्छा-बुरा
- जीवन-मृत्यु

ये दो-दो बटन आपके रिमोट कंट्रोल पर होते हैं। यदि यह रिमोट कंट्रोल दूसरों के हाथ में दे दिया गया है तो आप दो के धोखे में जी रहे हैं। जब आपका रिमोट कंट्रोल आपके हाथ में होता है और आपको रिमोट कंट्रोल चलाने का ज्ञान होता है तब आपका जीवन उत्तम होता है। उत्तम जीवन जीने के लिए नीचे दी गई पाँच बातें नियंत्रित होनी चाहिए।

१) **मन** – योगी मन, अकंप मन जो हर घटना में बिना काँपे कार्य कर सके।

२) **शरीर** – निरोगी शरीर, जो रोग आने पर उसे जल्द से जल्द ठीक करने में लग जाए, जो जीने की आशा से भरपूर हो, जिसमें रोग से लड़ने की क्षमता हो।

३) **बुद्धि** – लचीली बुद्धि, जो नए विचार को जगह दे, पुराने विचारों में अकड़कर अटकी न रहे।

४) **चेतना** – जाग्रत चेतना, परम होश, जहाँ चैतन्य का प्रकाश सारी बेहोशी को तोड़ दे।

५) **लक्ष्य** – संपूर्ण लक्ष्य, जहाँ मन, शरीर, बुद्धि और चेतना को बहने के लिए योग्य दिशा हो। जहाँ संपूर्ण विकास की धारा बहती हो।

आत्मनियंत्रित जीवन ही उत्तम जीवन है। जो जीवन खिलने, खुलने और खुलकर खेलने की संभावना जान गया, वह जीवन उत्तम जीवन जीने के लिए तैयार है।

इंसान भाषा के द्वारा दुनिया में लोगों के साथ संपर्क रखता है और मौन के द्वारा स्वयं से संपर्क स्थापित करता है। इंसान लोगों के साथ संपर्क रखने के लिए वार्तालाप करता है। ईश्वर के साथ संपर्क रखने के लिए प्रार्थना करता है। स्वयं के साथ संपर्क रखने के लिए ध्यान (समाधि का अभ्यास) करता है। ये सब करते हुए वह स्वयं के साथ स्वसंवाद करता रहता है। स्वसंवाद यानी अपने साथ मन के भीतर बातचीत करना।

बाहर लोगों के साथ वार्तालाप करते हुए यदि इंसान शब्दों के चयन में गलती करता है तब उसे लोग (माँ-बाप, शिक्षक, मित्र, शुभचिंतक) तुरंत टोक देते हैं कि 'ऐसा नहीं कहना चाहिए, वैसा नहीं कहना चाहिए' लेकिन वही इंसान जब अपने अंदर वार्तालाप करता है तब उसे टोकनेवाला कोई नहीं रहता। हम बड़े होकर बाहर का वार्तालाप तो सीख लेते हैं लेकिन अपने साथ होनेवाला वार्तालाप (स्वसंवाद) कभी नहीं सीख पाते। इसके दो कारण हैं- १) हमें स्वसंवाद सीखने की कभी आवश्यकता नहीं लगी २) उसमें सुधार करनेवाला हमें कोई मिला ही नहीं, जो यह जानता हो कि हम अपने भीतर कैसा स्वसंवाद करते हैं।

स्वसंवाद सही ढंग से कर पाना अति आवश्यक है। इसके लिए सबसे पहले हमें स्वसंवाद का महत्त्व समझना होगा। स्वसंवाद से ही हम अपने अंदर आनंद के झरने से संपर्क बनाने की विधि सीख सकते हैं। स्वसंवाद से ही रिश्तों में सुधार, संपूर्ण विकास संभव है। स्वसंवाद की तकनीक और उसका महत्त्व जानकर हम सभी दुःखों से मुक्त हो सकते हैं। उत्तम जीवन जीने की कामना करनेवाले स्वसंवाद सीखने से इनकार नहीं कर सकते।

स्वसंवाद का व्याकरण (ग्रामर) हमें सीखना है। स्वसंवाद में हमें कौन से शब्दों से परहेज करनी चाहिए, न केवल यह जानना है बल्कि उन शब्दों को गालियाँ समझकर हमेशा के लिए त्याग देना है। जैसे हम बाहर के वार्तालाप में अपशब्द इस्तेमाल करने से डरते हैं ताकि हमारे संबंध दूसरों से बिगड़ न जाएँ, वैसे ही अपने आपसे योग्य रिश्ता बनाए रखने के लिए नकारात्मक शब्दों का त्याग करना चाहिए।

हमें स्वसंवाद के साथ स्वसंवाद की पंक्चुएशन भी सीखनी है। हमें कहाँ पर अल्पविराम लगाना है और कहाँ पर पूर्णविराम जोड़ना है, यह पता होना चाहिए। उत्तम जीवन जीने के लिए तैयार, फर्स्ट क्लास के डिब्बे में यात्रा करनेवाले यात्री को स्वसंवाद की भाषा फिर से सीखने के लिए हरदम तैयार रहना चाहिए। इस भाषा में उत्तीर्ण होकर ही वह मंजिल पर पहुँच सकता है। मंजिल है- परम आनंद, भरपूर समय, निरोगी जीवन, तेजप्रेम और आत्मसंतुष्टि।

आइए, आज से ही अपने भीतर स्वसंवाद की शब्द शुद्धियाँ (प्रूफ रीडिंग) करना सीखें। शुरू-शुरू में यह काम एकाग्रता सहित कुछ तनाव युक्त लग सकता है लेकिन इसके परिणाम देखकर आप अपनी सारी थकावट भूल जाएँगे।

संगीत सीखनेवाला जैसे अपना अभ्यास रोज निरंतरता से करता है, वैसे ही आप भी स्वसंवाद सीखने, समझने और करने का अभ्यास रोज करें और

आत्मविश्लेषण द्वारा अपना स्वसंवाद हर दिन (रोज) जाँचें।

उत्तम जीवन के प्रेमी अंदर और बाहर, कोई गलती नहीं करना चाहते। वे अपने भाव, विचार और वाणी को शुद्ध लेखन की तरह साफ और सुंदर रखना चाहते हैं। स्वसंवाद करते वक्त हमारी भावना, हमारे विचार, हमारी क्रिया एकरूप बने, यही उत्तम जीवन पाने का रहस्य है। यह पुस्तक आपकी शुभचिंतक है। आपके शुभचिंतक हमेशा आपका भला चाहते हैं। वे सदा आपकी गलतियाँ देखकर आपको सजग और आगाह करते हैं ताकि आप उन गलतियों द्वारा किसी बड़ी मुसीबत में न फँस जाएँ। आपके शुभचिंतक आपको न सिर्फ आपकी गलती बताते हैं बल्कि वे आपको उन गलतियों की जगह पर योग्य नुक्ता (संकेत) सुझाते हैं ताकि आप उत्तम जीवन का भरपूर आनंद लें। यह पुस्तक भी आपको वहाँ पर मार्गदर्शन देती है, जहाँ पर आपको कोई भी सजग नहीं कर सकता। क्या कोई ऐसी जगह है जहाँ हमें कोई मार्गदर्शन नहीं दे सकता? हाँ! आपके भीतर चलनेवाले वार्तालाप में आपको अपने अलावा कोई मार्गदर्शन नहीं दे सकता। यह पुस्तक वही काम करने के लिए बनाई गई है।

इस पुस्तक के विभिन्न उदाहरणों में जिन लोगों का उल्लेख किया गया है, उनके नाम बदल दिए गए हैं ताकि उन लोगों के व्यक्तिगत जीवन में कोई दिक्कत न आए। पुस्तक में सारी कहानियाँ, संवादों के माध्यम से लिखी गई हैं ताकि ज्ञान के साथ-साथ पुस्तक की रोचकता भी बनी रहे। इसे पढ़कर इसकी सार्थकता का पता हमें जरूर लिखें।

इस पुस्तक को पढ़ने से पहले हमारा आपस में वार्तालाप शायद नहीं हुआ हो लेकिन इस पुस्तक को पढ़ने के बाद हमारा आपस में संवाद जरूर हो चुका होगा, यही आशा रखते हैं।

...सरश्री

जब आपका रिमोट कंट्रोल आपके हाथ में होता है और आपको रिमोट कंट्रोल चलाने का ज्ञान होता है तब आपका जीवन उत्तम और वर्तमान में होता है।

स्वसंवाद का स्वाद

मन का अनुमान स्वसंवाद बदलता है, स्वसंवाद दृष्टिकोण बदलता है, दृष्टिकोण इंसान को बदलता है और इंसान विश्व को बदलता है।

भाग एक

वही सुनें जो सुनाया जाए, वही कहें जो कहना चाहिए

क्या हम कान से सुनते हैं

मन पर अंकुश लगाना ठीक है,
मन को कल्याण मित्र बनाना अच्छा है,
मन को जीतकर जीतना उत्तम है।

शाम का समय था। सामने लोगों का एक ग्रुप बैठा था। उनमें से कई लोग ढेर सारे सवाल पूछ रहे थे। उनमें एक चौबीस-पच्चीस साल का लड़का था, जो बहुत देर तक शांत बैठा था। उसके चेहरे से ही मालूम हो रहा था कि उसके अंदर कई सवाल उठ रहे हैं। अंत में उसने अपना हाथ ऊपर किया और सवाल पूछना शुरू किया,

'सरश्री, मुझे एक सवाल बहुत दिनों से खाए जा रहा है।' सभी लोगों ने उसकी तरफ देखना शुरू किया। 'बहुत बार ऐसा होता है कि मैं आपको सुनता हूँ और सुनते-सुनते मुझे ऐसा लगता है कि आप जो बोल रहे हैं, वह मेरी समझ में आ गया लेकिन दूसरी बार वही बात रिकॉर्डेड टेप में सुनता हूँ तो लगता है कि मैंने मुख्य बात तो सुनी ही नहीं थी। सुनते समय लगा कि मुझे सब कुछ समझ गया लेकिन असलियत में मैंने

गलत समझा था। मेरे साथ ऐसा क्यों होता है?' इस सवाल को सुनते ही कई लोगों ने कहा कि हमारे साथ भी ऐसा ही होता है।

'जब मैं आपसे बात कर रहा हूँ ', मैंने उन्हें पूछा, 'तब आप मुझे सुन रहे हैं या अपने आपको सुन रहे हैं?'

' ये क्या बात हुई ?' सबने कहा, ' हम तो आपको ही सुन रहे हैं।'

'चलो, हम एक छोटी सी टेस्ट लेते हैं।' मेरे ऐसा कहते ही सभी सँभलकर बैठ गए। हॉल में एकदम शांति छा गई।

'आपको सिर्फ सुनना है' और यह कहकर उन्हें एक कहानी सुनाई गई। वह कहानी दिलचस्प थी। उन्हें यह कहानी इस तरह बताई गई,

'एक शहर की बात है। उस शहर में दस, बारह, पंद्रह, अठारह मंजिल की इमारतें थीं। लोग हर दिन अपने पेट के लिए भागदौड़ करते थे। अब शहर है तो उसमें कुछ अच्छे भी लोग रहते हैं और कुछ बुरे भी लोग रहते हैं। उस शहर में दो ऐसी इमारतें आमने-सामने थीं, जिसमें एक इमारत दस मंजिल की थी और दूसरी इमारत बारह मंजिल की थी। जो बारह मंजिल की इमारत थी, उसमें ऐसे नकारात्मक लोग भी रहते थे जो चोर, लफंगे, शराबी थे। जो दस मंजिल की इमारत थी उसमें अच्छे काम करनेवाले, सकारात्मक सोच रखनेवाले, किसी न किसी को मदद करने के लिए तैयार रहनेवाले लोग रहते थे।

एक दिन दोनों इमारतों में आग लग गई। लोग 'बचाओ-बचाओ' करके भाग रहे थे। हर जगह हल्ला-गुल्ला मच गया। हर जगह जोर से शोर मच रहा था।

'जल्दी किसी को आग बुझाने के लिए बुलाओ।' इस शोर में किसी ने चिल्लाते हुए कहा।

'अरे, दस मंजिल की इमारत में पचास लोग अटके हैं, बारह मंजिल की इमारत में पाँच सौ लोग हैं', एक ने कहा। उनमें से किसी ने एम्बुलेंस को फोन किया। गाड़ी जोर से भागते-भागते आई।

'जल्दी-जल्दी आग बुझाओ', किसी ने कहा।

'पहले दस मंजिल की आग बुझानी चाहिए'। किसी ने चिल्लाते हुए कहा ...

तो किसी ने कहा, 'पहले बारह मंजिल की।'

'अब आपके लिए यह सवाल है कि कौन से इमारत की आग पहले बुझानी जरूरी है?' इस सवाल को सुनकर हर एक के चेहरे पर अलग-अलग भाव तैयार हुए। किसी के चेहरे पर परेशानी थी, कहीं पर आश्चर्य था तो कहीं कुछ और 'अगर दोनों में से एक ही इमारत की आग बुझानी आसान है तो पहले कौन से इमारत की आग बुझानी सही रहेगी? दसवीं मंजिल की या बारहवीं मंजिल की?'

कई सारे सवाल सामने आने लगे, जवाब भी आने लगे।

'देखो', उनमें से एक ने कहा,' पाँच सौ लोग बारहवीं मंजिल की इमारत में हैं तो वहाँ की आग पहले बुझानी चाहिए क्योंकि वहाँ ज्यादा लोग हैं। दसवीं मंजिल की इमारत में तो सिर्फ पचास ही लोग हैं।'

'दसवीं मंजिल की इमारत में सभी अच्छे लोग हैं। सकारात्मक काम करनेवाले लोग हैं,' लगभग जिनकी उम्र पचास साल होगी, ऐसे इंसान ने अपने सिर पर हाथ घुमाते हुए कहा, 'इन लोगों को बचाना ज्यादा आवश्यक है।'

उसी के उपलक्ष्य में 'हाँ-हाँ' करते हुए किसी और ने कहा, 'पाँच सौ नकारात्मक लोग बचाने से तो ज्यादा आवश्यक है अच्छे पचास लोग बचाना।' इस तरह इधर-उधर की बातें चलती रहीं।

'हमने एम्बुलेंस को बुलाया है,' उनसे सवाल पूछा गया, 'तो पहले कौन से बिल्डींग की आग बुझानी चाहिए?'

किसी ने वापस कहा दस मंजिली, किसी ने कहा बारह मंजिली।

'देखो, एम्बुलेंस आग नहीं बुझाती।' मैंने शब्दों पर जोर देते हुए कहा

और.. एक सन्नाटा सा छा गया। फिर लोगों ने तालियाँ बजानी शुरू कीं... हँसना भी शुरू किया।

कहानी में यह कहा गया था कि एम्बुलेंस को बुलाया गया, फायरब्रिगेड को नहीं।' जैसे ही मैंने यह फिर से समझाया, सब ने फिर से जोर से हँसना शुरू किया।

'इसका अर्थ क्या है?' मैंने हँसते-हँसते कहा, 'एम्बुलेंस शब्द सुनने के बाद भी हमने उसका वह अर्थ नहीं लिया जो है।' सभी की आँखों में अब अलग तरह

की चमक दिखाई दे रही थी।

'हम कैसे सुनते हैं? हम सुनते हैं अपने स्वसंवाद से, अपने खुद के सेल्फ टॉक से, हमारी याददाश्त में जो पहले से बैठा हुआ है उससे। हम मान लेते हैं कि ऐसा ही कहा होगा और हम वही मानकर आगे अपनी बातें शुरू कर देते हैं, वाद-विवाद में समय नष्ट करते हैं या विषय की गहराई खो देते हैं। हम जो सुनना चाहते हैं, वही सुनते हैं और जो बोलना चाहते हैं, वही बोलने के लिए मौका तलाशते रहते हैं।'

ये बातें सुनकर सभी यह सोचने पर मजबूर हो गए कि हम वही सुनते हैं जो हम सुनना चाहते हैं और अपनी बात कहने के लिए तर्क संगत कारण ढूँढ़ते रहते हैं ताकि वार्तालाप के दौरान हम अपनी बात कह पाएँ। हमें जो कहना अच्छा लगता है, हम वही कहने का बहाना ढूँढ़ते हैं। इन सबके पीछे एक बहुत बड़ा कारण है, 'मन का संवाद-स्वसंवाद'। ये संवाद कैसे काम करते हैं, यह आपकी समझ में यदि आए तो हमारा मन कैसे काम करता है, यह भी आपको समझ में आएगा। हम कैसे सुनते हैं और हम अपने आपसे कैसी बातें करते हैं, यह भी आपको समझ में आएगा।

इस रहस्य को जानकर हमें यह भी समझ में आता है कि हम जो सुनते हैं, वही सच नहीं होता और हमें दूसरों अथवा स्वयं से वही कहना है जो कहना चाहिए। कई बार हमने सामनेवाले की बात को सुना ही नहीं होता है और न सुनकर ही हम अपनी राय बना लेते हैं। इसलिए मूल समस्या बाजू रह जाती है और हम दूसरी ही जगह पर काम करते हैं तो समस्या कैसे सुलझेगी? इस रहस्य को जानने के बाद आइए, अब समझें वार्तालाप रहस्य क्या है।

वार्तालाप रहस्य

अगर किसी इंसान से पूछा जाए कि वह अपने पूरे जीवन को सामने लाकर बताए कि अब तक उसने सबसे ज्यादा किससे बात की है? इस प्रश्न पर वह जरूर यह सोचने लगेगा कि 'क्या बचपन में मैंने अपनी माँ के साथ ज्यादा बात की थी?' तो उसे जवाब आएगा, 'नहीं! बल्कि माँ ही मेरे साथ ज्यादा बात करती थी। पिताजी के साथ कई बार बातें करनी चाहीं लेकिन साहस ही जुटा नहीं पाया। पिताजी के साथ तो तभी बात होती थी, जब परीक्षा के बाद प्रगति पत्रक पर हस्ताक्षर लेने की आवश्यकता पड़ती थी। भाई-बहन के साथ तो काफी समय झगड़ा करने में ही चला जाता था। वैसे तो कई दिनों तक मौन व्रत ही चलता रहता था।'

उसके बाद उसके मन में यह सवाल आएगा कि 'क्या मित्रों के साथ ज्यादा बातें की थीं?' वापस जवाब आएगा कि 'नहीं ! कई दिन तो मित्र मिलते ही नहीं थे।' फिर उसे एक विचार आएगा, 'क्या मैंने शिक्षकों से ज्यादा बातें की थीं?' तब तुरंत जवाब आएगा, 'शिक्षकों के साथ कहाँ बातें कर पाते थे? वहाँ तो सिर्फ सुनना ही ज्यादा होता था। उन दिनों सवाल पूछने से पहले दस बार सोचना पड़ता था।'

फिर ऐसा कौन बचा है, जिसके साथ मैंने सबसे ज्यादा बात की है? अपनी पत्नी के साथ ...? वहाँ तो बात करने का शायद ही मौका मिलता था। बच्चे तो मिलते ही कम हैं तो बात कब करेंगे? उन्हें तो मुझसे ज्यादा टी.वी. से बात करने में रुचि है। बॉस से बात करना यानी केवल 'हाँ-हाँ' शब्द का बार-बार उच्चारण करना। कई बार बदलाव के लिए 'सही है', ऐसा कहना।

'अब तो लगता नहीं है कि और कोई बचा है जिससे मैंने ज्यादा बातें की होंगी!' और.. अचानक उस इंसान को झटका लगेगा। 'अरे..! इस वक्त मैं किस से बातें कर रहा हूँ? शायद यही तो वह है, जिससे मैं सबसे ज्यादा बातें करता हूँ। मैं तो अपने आपसे ही सबसे ज्यादा बातें करता हूँ। शायद पूरे के पूरे दिन मैं अपने आपसे ही बातें करता रहता हूँ। चाहे दिन हो या रात, सुबह हो या शाम हर पल मैं अपने आपसे ही तो बातें करता रहता हूँ।'

अगर अपने पूरे जीवन को देखा जाए तो जितनी बातें हमने अपने आपसे की हैं, उतनी किसी और से नहीं की होंगी। आज तक जब भी खाली समय मिला है, हम अपने आपसे बातें करते रहे हैं या ऐसा कहें कि अपने आप हमारे अंदर बातचीत शुरू हो जाती है, जिसे हम रोकना चाहें तो भी नहीं रोक पाते।

कोई भी विषय क्यों न हो, हमारे अंदर विचारों की श्रृंखला शुरू हो जाती है, चाहे उस विषय से हमारा संबंध हो या न हो। जब हम अकेले रहते हैं तब भी विचार मन में चलते रहते हैं और जब हम किसी से बातें करते हैं तब भी विचार रुकते ही नहीं हैं। मनन करने पर हमें पता चलेगा कि 'अकेले में और भीड़ में दोनों जगह पर जिससे बातें चलती हैं वह तो **मैं खुद ही हूँ।** एक साथ, कई बार या शायद हर बार मैं दो लोगों से बातें करता रहता हूँ, एक सामनेवाले से और दूसरा खुद अपने आप से।'

हम यह सोचने में तो काफी समय देते हैं कि मेरे दोस्त मेरे बारे में क्या सोचेंगे? मेरे रिश्तेदार मेरे बारे में क्या सोचेंगे? लेकिन मैं खुद अपने बारे में क्या

सोचूँगा या सोचता हूँ? इस पर हमारा सबसे कम सोचना होता है और यही सोचना सबसे महत्वपूर्ण है। लोग हमारे बारे में क्या सोचते हैं, इससे भी ज्यादा यह महत्वपूर्ण है कि **हम अपने बारे में क्या सोचते हैं?** और यह ज्यादा स्वाभाविक है क्योंकि हम अपने आपको सबसे ज्यादा सुनते हैं। हमारे अंदर ऐसी कई सारी बातें होती हैं जो हमें हमारे बारे में बताती हैं।

जैसे हम सामने आनेवाले हर इंसान के बारे में मन ही मन कुछ न कुछ सोचते हैं, वैसे ही हम अपने बारे में भी बहुत कुछ सोचते रहते हैं। हम क्या मानते हैं, क्या अनुमान लगाते हैं, यह हम अपने आपको अलग-अलग घटनाओं में बताते हैं। अपनी ही बातें सुन-सुनकर हम वैसा जीवन जीने लगते हैं। जो संवाद हम औरों के साथ करते हैं वह तो हम रोक भी सकते हैं। हम अनचाहे इंसान के सामने नहीं जाएँगे, अनचाहा विषय नहीं चुनेंगे पर हम अपने आपसे कैसे भाग सकते हैं? अपना ही अपने साथ जो संवाद होता रहता है, उसे हम कैसे रोक सकते हैं?

हम अपने आपसे तो भाग नहीं सकते, ऐसे समय में हमारा स्वसंवाद सुनने के अलावा हमारे सामने कोई रास्ता नहीं रहता। अगर हमें गाने सुनने हैं या नहीं सुनने हैं, यह चुनाव करने का मौका मिलता तो किसी ने गाने न सुनने का चुनाव भी किया होता लेकिन जब गाना सुनना है, यह तय है तो कोई भी अच्छा गाना सुनना ही पसंद करेगा। कोई भी इंसान ऐसे ही गाने सुनना चुनेगा जो उसे प्रेरणा देंगे। गाना सुनना तो आनंद के लिए होता है। गानों से कभी-कभी प्रेरणा भी मिलती है लेकिन वह तो उसका अतिरिक्त फायदा हो सकता है। यदि कोई जीवन को भी गाने की तरह समझे तो बड़ी प्रेरणा पाकर वह अपने लक्ष्य को प्राप्त कर सकता है। आइए, अब हम श्रवण और वार्तालाप रहस्य जानने के बाद जानें सुख-दुःख रहस्य।

'मैं आलोचना से मुक्त हूँ। मैं शिकायत करना और इल्जाम लगाना छोड़ चुका हूँ।'

भाग दो

स्वसंवाद से ही हमारी दुनिया बनती है
सुख-दुःख रहस्य

रो-धोकर न जीना ठीक है,

हँसते-हँसते जीवन जीना अच्छा है,

हँसते-हँसते उत्तम जीवन जीना उत्तम है।

हर कोई यह जानना चाहता है कि मेरे दुःख कैसे खत्म हों, मेरे जीवन की समस्याएँ कैसे खत्म हों?

लेकिन क्या जीवन में सुख बढ़ाना और दुःख खत्म करना यही लक्ष्य होना चाहिए? नहीं, यह लक्ष्य नहीं होना चाहिए।

इंसान के जीवन का मुख्य लक्ष्य 'सुख-दुःख कैसे तैयार होते हैं?' यह समझना होना चाहिए। सुख-दुःख तैयार होने का कारण समझ में आ जाए तो जीवन सफल हुआ क्योंकि दुःख का असली कारण समझते ही आप सुख-दुःख के चक्र से बाहर आना शुरू कर देंगे और आपके द्वारा वे ही काम होने लगेंगे जो परम आनंद का स्रोत हैं।

तो आइए, समझते हैं कि ऐसी कौन सी और क्या बातें हैं, जिनकी वजह से हमारे जीवन

में सुख-दु:ख तैयार होते हैं, उनका निर्माण होता है।

यह कहानी एक ऐसे इंसान की है जिसका नाम सुखराम था। यह कहानी कई लोगों के सामने रखी गई। आप भी इस कहानी में भाग लें।

सुखराम के जीवन का लक्ष्य जीवन की हर बेहतरीन चीजें पाना और हर सुख जो विश्व में उपलब्ध है, उसे हासिल करना था। उसी उद्देश्य से उसने व्यापार करना शुरू किया। कुछ सालों बाद वह बहुत बड़ा व्यापारी बना। व्यापार में सुखराम को बहुत सी सफलताएँ मिलीं, उसे काफी सारे पैसे मिले, धन मिला। सुखराम ने कई सारे घर बनाए, उन घरों में रखने के लिए कई सारी चीजें लीं।

सब कुछ पाने के बावजूद भी वह हमेशा सोचता रहा कि 'सब तो हुआ पर मुझे वह आनंद नहीं मिला, वह सुख नहीं मिला, जो कभी खत्म नहीं होगा, जो सदा कायम रहेगा। यह सुख तो आज है, कल नहीं होगा।'

इतना सब कुछ करने के बाद भी सुखराम के अंदर कहीं तो तकलीफ होती थी। कई बार मन के विरुद्ध किसी ने व्यवहार किया तो उसे गुस्सा आता था, मन को पीड़ा होती थी।

सुखराम के मन में विचार चलते थे कि ऐसा मुझे क्या मिले, जिसकी वजह से मुझे कभी भी पीड़ा न हो? मैं हमेशा आनंद में, खुशी में कैसे रहूँ?

जैसे ही उसके मन में ये विचार तीव्र होने लगे तो उसने एक दिन दृढ़ निश्चय किया कि 'चलो, ऐसा आनंद ढूँढ़ते ही हैं, जो कभी भी खत्म नहीं होगा और मेरा पूरा जीवन आनंदमय होगा।'

इसी विचार के साथ उसने अपना सारा कारोबार, घर, धन-दौलत सब कुछ बेच दिया और उन पैसों से कुछ हीरे खरीदे। हीरे दिखने में कम थे, छोटी सी पोटली में आ गए। उन बीस-पच्चीस हीरों को उसने अपनी कमर में बाँध दिया और यात्रा के लिए निकल पड़ा। वह कई जगहों पर गया।

हर जगह जाकर सुखराम पूछताछ कर रहा था कि 'क्या आपमें से मुझे कोई यह बता सकता है कि ऐसा आनंद, सुख मुझे कहाँ मिलेगा, जिसके मिलने के बाद मुझे किसी चीज के लिए दुःख नहीं होगा। मेरे जीवन में सिर्फ आनंद ही आनंद रहेगा?'

सुखराम बहुत सारी जगहों पर गया लेकिन कोई भी उसके प्रश्न का उत्तर नहीं

दे पाया। कई सारे देश घूमने के बाद वह थक गया। उसके मन में अब नकारात्मक संवाद आने शुरू हुए, 'ऐसी कोई चीज होती ही नहीं। जीवन ऐसा ही है। कभी सुख तो कभी दुःख। कभी ऊपर तो कभी नीचे। जीवन की यात्रा ऐसे ही चलती रहेगी। यह संभव नहीं है कि जीवन में किसी को सिर्फ आनंद मिले।'

एक दिन उसे एक साधु मिला। उसने सुखराम को बताया,

'देखो, जीवन के सिक्के के दो पहलू हैं। सुख आएगा तो बाद में दुःख आने ही वाला है।' उसने आगे कहा, 'दुःख आएगा तो बाद में सुख आने ही वाला है, यह कुदरत का नियम है।' सामनेवाला साधु जिस तरह से बता रहा था, वह सुखराम को मानना पड़ा।

लेकिन उसके अंदर से विचार उठ रहे थे कि 'ऐसा तो नहीं हो सकता, कुछ तो ऐसा होगा, जिसकी वजह से सारे दुःख मिट जाएँगे।'

उसके अंदर की आवाज उसे खोज करने के लिए मजबूर कर रही थी।

फिर एक दिन किसी ने उसे बताया कि 'उत्तर दिशा में पहाड़ के बाजू में एक छोटा सा गाँव है। वहाँ एक बाबा रहते हैं। वे शायद आपको आपके प्रश्न का उत्तर दे पाएँ।'

सुखराम ने सोचा, 'चलो मैं इतना घूमकर आया हूँ तो यह भी देख लेता हूँ।' वह उस गाँव की तरफ गया। जब वह उस गाँव में पहुँचा तो गाँववालों को देखकर उसे लगा नहीं कि ऐसे कोई बाबा यहाँ रहते होंगे, जो उसे यह बता पाएँगे कि सुख-दुःख किस कारण से तैयार होते हैं और कैसे दुःख से बाहर निकला जा सकता है? फिर भी उसने गाँववालों से पूछा,

'क्या यहाँ कोई ज्ञानी बाबा रहते हैं?'

'हाँ रहते हैं लेकिन तुम क्यों पूछ रहे हो?' गाँववालों ने पूछा।

'मैं उनसे ही मिलने के लिए इतनी दूर से आया हूँ।' सुखराम ने गाँववालों से नम्रतापूर्वक कहा।

'उस पहाड़ के बाजू में जाओ, वहाँ बाबा बैठे रहेंगे।' गाँववालों ने कहा।

जिस पहाड़ की ओर गाँववालों ने संकेत किया था, उस तरफ सुखराम ने चलना

शुरू किया, चलते-चलते वह पहाड़ के नीचे पहुँच गया। उसने सामने देखा, पेड़ के नीचे एक बाबा बैठे थे। बाबा ने जैसे ही दूर से देखा कि कोई इंसान उनकी तरफ चला आ रहा है तो उन्होंने दूर से ही सवाल पूछा,

'यहाँ क्यों आए हो?'

जैसे ही उनकी आवाज सुनाई दी, सुखराम वहीं पर रुक गया और हाथ जोड़कर कहा,

'बाबाजी, मैंने कई साल असली आनंद की खोज करने के लिए दिए हैं लेकिन अब तक मुझे ऐसा आनंद नहीं मिला है।' अब सुखराम की आवाज जैसे अंदर से आ रही थी।

'आप मुझे बताएँ कि ऐसा आनंद मुझे कैसे मिले, जो कभी खत्म न हो और मेरे जीवन में कभी दुःख ही न आए। क्या आप मुझे ऐसा आनंद, ऐसी खुशी दे सकते हैं?'

बाबा हलके से मुस्कराए और नटखटता से सुखराम से पूछा, 'अगर मैं तुम्हें वह आनंद दे भी दूँ तो तुम मुझे क्या दोगे?'

यह सवाल सुनते ही सुखराम बाबा के नजदीक आ गया। कमर से बँधी हुई हीरों की पोटली, जिसमें करोड़ों के हीरे थे, हाथ में ली।

'देखो बाबा, इस पोटली में करोड़ों के हीरे हैं। जीवन में जितना धन मैंने कमाया है वह सब इस पोटली में है।' यह कहते समय सुखराम के चेहरे पर नम्रता के साथ आत्मविश्वास भी था। 'ये सारा धन मैं आपको दे सकता हूँ।'

ऐसा कहकर सुखराम ने उस पोटली को बाबा के सामने रख दिया। उसकी रखी हुई पोटली की तरफ बाबा ने प्यार से देखा; फिर सुखराम को देखा, फिर पोटली को देखा; सुखराम के कुछ समझने से पहले बाबा तेजी से उठे, उन्होंने पोटली अपने हाथ में ली और भागना शुरू किया।

कुछ क्षण सुखराम को समझा ही नहीं कि क्या हुआ। फिर अचानक उसकी समझ में आया कि बाबा उसकी पोटली जिसमें करोड़ों के हीरे थे लेकर भाग गए।

'पकड़ो, पकड़ो यह इंसान मेरी करोड़ों की संपत्ति लेकर भाग रहा है, यह

दिखता साधु है मगर चोर है, लफँगा है।'

इस तरह चिल्लाकर सुखराम ने बाबा के पीछे भागना शुरू किया। बाबा ऐसे भाग रहे थे कि उन्हें पकड़ना नामुमकीन था। सुखराम भी उनके पीछे भाग रहा था। हर क्षण दोनों के बीच का फासला बढ़ता जा रहा था। बाबा ने गाँव का पूरा चक्कर लगाया। उनके पीछे सुखराम ने भी चक्कर लगाया। सभी गाँववाले उन्हें देख रहे थे। उनके चेहरे पर आश्चर्य था।

बाबा भागते-भागते फिर से उस पहाड़ के नीचे, पेड़ के पीछे आकर छिप गए। सुखराम भी उनके पीछे वहाँ आ पहुँचा। सुखराम मन ही मन गहरे दुःख में हाँफ रहा था। इतने में बाबा ने हीरों की पोटली उसके सामने फेंक दी।

सुखराम ने तुरंत उस पोटली को उठाकर अपने हाथ में ले लिया और देखा कि उसमें सभी हीरे हैं या नहीं?

हीरों को देखकर सुखराम बहुत खुश हुआ। इतने में पेड़ के पीछे से बाबा ने आवाज दी,

'क्या, अब तुम खुश हो?'

'हाँ,' सुखराम ने राहत की साँस लेकर कहा।

यह उत्तर सुनते ही बाबा उसके सामने आ गए।

सामने आते ही सुखराम ने बाबा को देखा। बाबा के चेहरे पर हास्य था, प्रसन्नता थी और सुखराम के प्रश्न का उत्तर भी था, जो सुखराम साफ-साफ पढ़ पा रहा था।

जैसे ही बाबा के चेहरे का उत्तर सुखराम ने पढ़ा, सुखराम का चेहरा बदल गया। उसके चेहरे पर अलग चमक आ गई। सुखराम ने एक बार हीरों की पोटली की तरफ देखा, फिर बाबा की ओर देखा। बार-बार वह दोनों की ओर देखता रहा। अचानक सुखराम ने हीरों की पोटली नीचे रख दी और जाकर बाबा के पाँव पकड़ लिए।

अब सुखराम के चेहरे पर धन्यवाद के भाव थे।

यहाँ पर सवाल यह आता है कि जब सुखराम से पूछा गया कि 'क्या अब तुम

स्वसंवाद का जादू ✳ 27

खुश हो?' तो उसने कहा,

'हाँ ! मैं खुश हूँ।'

ऐसा उसने क्यों कहा कि 'मैं खुश हूँ, आनंदित हूँ?'

फिर उसके उपरांत उसने उस हीरों की पोटली को नीचे क्यों रख दिया, जिसे पाने के लिए वह उतावलेपन से भागा-भागा फिर रहा था?

और फिर उसने बाबा के पाँव क्यों छूए?

उस घटना से सुखराम को कौन सी समझ मिली, जिसकी वजह से वह अपनी करोड़ों की संपत्ति छोड़कर बाबा के पाँव पकड़ने के लिए मजबूर हो गया?

जब लोगों को यह सवाल पूछा गया तब सामने से कई तरह के अलग-अलग जवाब आए।

'भागदौड़ करने की वजह से सुखराम को महसूस हुआ कि आनंद क्या है?' एक बूढ़े इंसान का उत्तर।

'कोई चीज गुम हो जाती है तब हमें उसकी कीमत समझ में आती है।' दूसरा उत्तर।

'जब तक हीरों की पोटली सुखराम के पास थी तब तक उसे उस पोटली की कीमत का एहसास नहीं था, खुशी का एहसास नहीं था।' चालीस साल के इंसान का गंभीरतापूर्वक उत्तर था...'जैसे ही उसके पास से हीरों की पोटली चली गई तो उसे खोने का एहसास हुआ क्योंकि वह बहुत कीमती थी। पोटली वापस मिलने के बाद उसे पाने का आनंद हुआ।'

'जब पोटली चली गई तो सुखराम को लगा कि वह दुनिया का सबसे गरीब इंसान है। इस विचार की वजह से सुखराम उस पोटली के लिए बाबा के पीछे भाग रहा था। जब पोटली मिली तो उसे बहुत खुशी हुई क्योंकि अब वह जीवन में सबसे अमीर इंसान था, इस वजह से वह खुश हुआ होगा।' इतना बड़ा उत्तर सुनकर कई लोगों ने हाँ-हाँ करते अपने सिर हिलाए।

'उसने भागने का श्रम किया जिस वजह से वह ज्यादा आनंदित हुआ।' किसी ने कहा।

'यह तो सही है लेकिन अगर ऐसा है तो उसे ऐसी कौन सी समझ मिली, जिस कारण उसने बाबा के पाँव छूए?' मेरा प्रश्न सुनकर कई चेहरे विचारमग्न हो गए।

'बाबा ने यह बतलाया कि आनंद बाहर नहीं, तुम्हारे अंदर ही है।' किसी ने जवाब दिया ... 'बाबा ने यह बतलाया, आनंद पैसों में या हीरों में नहीं है, यह तो माया है। असली आनंद तो हमारे अंदर है।'

'चलो, यह भी सही है लेकिन तुम्हारे अंदर आनंद कहाँ पर है?'

अब हर कोई सोच रहा था। सुखराम को ऐसा क्या समझा, जिसकी वजह से उसने हीरों की पोटली त्याग दी? यह सोचनेवाली, मनन करनेवाली बात है।

इसी बात को समझने के लिए हम और एक छोटी सी कहानी समझते हैं, जिससे शायद आपको मूल रहस्य पकड़ में आ जाए। फिर देखते हैं कि दोनों में ऐसी कौन सी बात है, जिसकी वजह से बाबा के सामने सुखराम ने हीरों की पोटली रख दी और बाबा के पाँव पकड़े?

एक व्यापारी थे, जो अपनी एक छोटी कंपनी चलाते थे। एक दिन उनके घर में एक पत्र आया। पत्र पर लिखे पते ने बताया कि वह पत्र कर्नाटक शहर से आया है। जैसे ही उसने कर्नाटक से आया हुआ पत्र देखा तो उसका चेहरा गुस्से से लाल हो गया।

उसने वह पत्र उठाकर दूर कोने में फेंक दिया क्योंकि पत्र कर्नाटक से आया था और कर्नाटक में उसकी बीवी रहती थी, जिससे वह तलाक लेने जा रहा था। उसकी बीवी उसे कई बार खत लिखती थी और भले-बुरे शब्द कहती थी। 'इतने पैसे भेजो, उतने पैसे भेजो', कहकर उसे तंग करती रहती थी। इस कारण उसे पैसे भेजने ही पड़ते थे। उस पत्र को देखकर उसकी आँखें गुस्से से लाल हो गई थीं। उसके मन में विचार उठ रहे थे, 'वापस पैसे माँगने के लिए खत लिखा होगा। पिछली बार पैसे भेजे थे वे खत्म हुए होंगे।'

पाँच-दस मिनट के बाद उसने उसी घर के कोने से पत्र वापस उठाया, लिफाफा फाड़कर उसमें से पत्र बाहर निकाला और सोचने लगा, 'देखूँ तो इस बार क्या माँग रही है?'

जैसे-जैसे उसने पत्र पढ़ना शुरू किया, वैसे-वैसे उसके चेहरे से गुस्सा गायब

होता गया और उस गुस्से की जगह आनंद और खुशी ने ले ली। उसका चेहरा खुशी से खिल उठा क्योंकि वह पत्र कर्नाटक की एक कंपनी ने भेजा था। जिसमें उसके कंपनी के लिए बड़े ऑर्डर थे। इतने बड़े ऑर्डर देखकर वह खुशी से पागल होने लगा।

उसके मन में कई सारे विचार आने लगे कि 'अब मैं बड़ा घर खरीदूँगा, एक बड़ी कार ले लूँगा और दुनिया की सभी बेहतरीन चीजें मेरे पास होंगी।' इन विचारों के साथ उसका आनंद और बढ़ता गया।

अब सवाल उठता है कि यह वही पत्र था, जिसे देखकर बीवी का पत्र है, इस विचार से उसके चेहरे पर गुस्सा आया था। दूसरी बार वही पत्र उसने उठाया और पढ़ा तब उसके चेहरे पर आनंद आ गया। ऐसा क्यों हुआ?

वैसे ही वह हीरों की पोटली जब सुखराम के साथ में थी तब न सुख था, न दुःख था लेकिन जब वह पोटली किसी ने चोरी की तब दुःख हुआ। जब पोटली वापस मिली तब आनंद हुआ। इन दोनों घटनाओं में ऐसा क्या है? कैसे हमारे जीवन में सुख-दुःख तैयार होते हैं? यह मनन करने और सोचने की बात है।

सभी कहानी सुननेवालों के चेहरों पर एक बड़ा सवाल था कि 'दोनों कहानियाँ एक ही बात कैसे बता रही हैं। दोनों कहानियाँ तो अलग-अलग हैं।'

'सही है, कहानियाँ अलग-अलग हैं, जिनमें हुई घटनाएँ सुख-दुःख तैयार करती हैं।'

'इसका अर्थ है सुखराम के पास हीरे थे तो सुख नहीं था, जब हीरे खोकर वापस मिले तब उसे उन हीरों की कीमत समझी।' अब तक चुप बैठे एक इंसान ने कहा... 'दुःख आया, फिर आनंद आया इसलिए उस दौलत की कीमत, जो पहले से ही थी, बढ़ गई। उसी तरह दूसरी कहानी में 'बीवी का लेटर है', यह सोचकर व्यापारी को पहले दुःख हुआ और जब वह पत्र 'व्यापार बढ़ाने का ऑर्डर है' यह समझ में आया तब उसे ज्यादा आनंद हुआ क्योंकि वह दुःख के बाद आया था।'

'सही बात है', मैंने कहा, 'दुःख के बाद कोई भी सुख आएगा तो ज्यादा आनंद देगा लेकिन इन दोनों कहानियों में ऐसी क्या बात छिपी है, जिस कारण दुःख और सुख आता है?'

'सरश्री, मुझे समझ में आ गया।' बतानेवाले के चेहरे पर बहुत बड़ी खोज पूर्ण होने का भाव था। अपनी एक उंगली ऊपर नचाते हुए उसने कहा, 'सही है, सही है। अब मुझे समझ में आ रहा है, सुख-दुःख क्यों तैयार होते हैं, इसका कारण हमारे विचार हैं। आप जो हमेशा बताते हैं, सुख-दुःख घटना के कारण नहीं होता, उस घटना की वजह से हमारे अंदर जो विचार शुरू होते हैं वे विचार सुख-दुःख तैयार करते हैं।'

'बिलकुल सही है', मैंने कहा, 'कोई भी घटना सुखद या दुःखद नहीं होती। उस घटना के कारण जो स्वसंवाद शुरू होता है वह सुख-दुःख का कारण है। देखो, 'पोटली गई', इस बात का दुःख नहीं था, 'मेरी पोटली गई' इस विचार ने दुःख तैयार किया। उसी तरह 'मेरी पोटली वापस मिली', यह विचार सुख दिलाकर गया। स्वसंवाद यानी खुद के साथ जो विचार हमारे अंदर चलते हैं, वे ही सुख-दुःख का कारण हैं। 'यह मेरी बीवी का लेटर है', इस स्वसंवाद के कारण दुःख शुरू हुआ और 'यह लेटर नहीं बल्कि बड़ा ऑर्डर है, इससे मेरे जीवन में यह परिवर्तन आने जा रहे हैं', इस स्वसंवाद से सुख शुरू हुआ।'

सभी के साथ ऐसा ही है। सुख-दुःख हमारे स्वसंवाद से ही शुरू होते हैं। अपने स्वसंवाद से ही हम अपनी दुनिया तैयार करते हैं। स्वर्ग-नर्क भी तैयार करते हैं और उसी में ही रहने लगते हैं। जितना यह रहस्य खुलता जाएगा, उतना हमें आश्चर्य होगा और वह आश्चर्य बढ़ता ही जाएगा। अंत में हमें यह पता चलेगा कि जब तक हम दुःखी नहीं होना चाहते तब तक हमें कोई दुःखी नहीं कर सकता।

दोनों कहानियाँ पढ़ते वक्त और लोगों के जवाब सुनते वक्त आपके अंदर क्या स्वसंवाद चल रहे थे? आपका जवाब क्या था? कोई भी जवाब पक्का न मानें, अभी तो पुस्तक शुरू हुई है। अभी तक स्वसंवाद का जादू हमारे सामने नहीं आया है इसलिए अगले भाग में नए आश्यर्च देखने के लिए तैयार रहें। 'तुम्हें कोई दुःखी नहीं कर सकता', यह सत्य जानें।

'जो समस्या मुझे मार ही नहीं डालती वह
मुझे और भी मजबूत करती है।'

भाग तीन

स्वसंवाद का आश्चर्य

तुम्हें कोई दुःखी नहीं कर सकता

वाणी से कड़वे शब्द न कहना ठीक है,
वाणी से मीठे शब्द कहना अच्छा है,
मौन से निकली मीठी वाणी उत्तम है।

मंगेश और पंकज नाम के दो मित्र थे। पंकज ने मंगेश से दस हजार रुपए उधार लिए थे। कुछ दिनों बाद मंगेश पंकज से अपने दस हजार रुपए वापस करने की माँग करने लगा। पंकज हमेशा उसे टालते रहा।

एक दिन अचानक मंगेश को दिल का दौरा पड़ा। डॉक्टर ने जब मंगेश की जाँच की तो उसे मृत घोषित कर दिया। जब मंगेश की पत्नी ने यह बात सुनी तब उसे गहरा धक्का लगा और वह बेहोश हो गई। मंगेश का बेटा अपने पिता के मृत्यु की खबर सुनकर बेहोश नहीं हुआ मगर उसकी आँखों से निरंतर आँसू बहने लगे। मंगेश का नौकर अपने मालिक की मृत्यु पर परेशान हो गया। उस घर का माहौल दुःखद और चिंतामय हो गया।

जब मंगेश की मृत्यु हुई तब मंगेश का

पड़ोसी अखबार पढ़ रहा था। उसने अपनी पत्नी को आवाज दी और कहा, 'हमारे पड़ोसी मंगेश को दिल का दौरा पड़ गया, अब वे इस दुनिया में नहीं रहे।' यह बात अपनी पत्नी को बताकर पड़ोसी अखबार पढ़ता रहा। पड़ोसी पर मंगेश की मृत्यु का कोई खास असर नहीं हुआ।

'पता नहीं आज-कल क्या-क्या हो जाता है',पड़ोसी की पत्नी ने कहा, 'इंसान के जीवन का कोई भरोसा नहीं।' यह कहकर वह फिर से रसोई के कामों में जुट गई।

मंगेश के मौत की खबर सुनकर उसके मित्र पंकज के अंदर इस तरह स्वसंवाद हुआ, 'मैंने मंगेश से दस हजार रुपए लिए थे, यह बात हम दोनों मित्रों के अलावा और कोई नहीं जानता था । चूँकि अब मंगेश नहीं रहा सो मैं उसे दस हजार रुपए देने से बच गया,चलो अच्छा हुआ। अब ये पैसे मैं नई कलर टी.वी खरीदने में लगाऊँगा। रंगीन टी.वी. में प्रोग्राम देखते वक्त कितना अच्छा लगेगा!'

पंकज इस तरह अपनी कल्पनाओं में शेखचिल्ली की तरह भ्रमण करने लगा। इस उदाहरण से समझें कि एक ही घटना का असर अलग-अलग लोगों में अलग-अलग तरह से हुआ। ऐसा क्यों हुआ? मंगेश की मृत्यु पर हर इंसान के अंदर अलग-अलग स्वसंवाद शुरू हुआ। स्वसंवाद ने नकारात्मक या सकारात्मक अथवा न्युट्रल रूप लिया। हर संवाद ने शरीर में सुख-दुःख का खेल शुरू किया।

यह उदाहरण पढ़कर आपके अंदर क्या स्वसंवाद चल रहा है? दो मिनट पुस्तक पढ़ना बंद करके अपने स्वसंवाद को सुनें। क्या आप इस बात से सहमत हो चुके हैं कि मन के अनुमान स्वसंवाद बदलते हैं, स्वसंवाद दृष्टिकोण बदलता है, दृष्टिकोण इंसान को बदलता है, इंसान विश्व को बदलता है? यदि नहीं तो इस उदाहरण को आगे पढ़ें।

अगर मृत्यु बुरी है तो मंगेश की मृत्यु पर सभी को दुःख होना चाहिए लेकिन ऐसा नहीं हुआ। एक घटना से किसी इंसान को खुशी होती है तो सभी को होनी चाहिए या दुःख होता है तो सभी को होना चाहिए मगर ऐसा नहीं होता है क्योंकि सभी अपने-अपने नजरिए से घटना को देखकर स्वसंवाद करते हैं। यह स्वसंवाद नकारात्मक या सकारात्मक हो सकता है। यह संवाद चलते वक्त इंसान खुद भी सजग नहीं रहता। स्वसंवाद अपना असर दिखाता है और इंसान सुख-दुःख के झूले

में डोलने लगता है। जब होश जागता है तब स्वसंवाद बदलता है। बचपन से इंसान के अंदर प्रोग्रामिंग (निर्धारित ढाँचे) की वजह से स्वसंवाद शुरू होता है। इस ढाँचे को तोड़ने से उत्तम जीवन प्राप्त होता है।

मंगेश के मौत की खबर सुनकर उनके घर में सभी का रोना-धोना शुरू हो गया लेकिन कुछ समय बाद अचानक मंगेश के दिल की धड़कन शुरू हो गई।

मंगेश की पत्नी को जब यह बात पता चली तो अब वह खुशी से बेहोश हो गई। मंगेश के बेटे ने जब पिताजी के बारे में सुना कि वे अब जिंदा हैं तो वह रोने लगा मगर इस वक्त उसकी आँखों में खुशी के आँसू थे।

मंगेश का नौकर जो परेशान था, फिर से पूर्ववत हो गया और अपने काम करने लगा।

मंगेश के पड़ोसी ने जब यह दूसरी खबर सुनी तब उसने अपनी पत्नी को बुलाकर कहा, 'तुमने कुछ सुना! क्या हुआ है, अपना पड़ोसी मंगेश मरा नहीं बल्कि जिंदा हो उठा है।' यह कहकर वह पुनः अखबार पढ़ने में खो गया। 'आज-कल के डॉक्टरों का कुछ भरोसा नहीं है।' पत्नी ने अपने सिर पर हाथ रखते हुए कहा, 'जिंदा इंसान को मरा हुआ घोषित करते हैं।' ऐसा कहकर वह फिर से अपने कामों में लग गई।

जब पंकज को मालूम पड़ा कि मंगेश जिंदा है तो वह बहुत उदास हो गया। उसके अंदर इस तरह का स्वसंवाद चलने लगा, 'मुझे अब पैसे लौटाने पड़ेंगे। ऐसा क्यों हुआ? मेरी रंगीन टी.वी. अब नहीं आएगी, मेरे रंगीन सपने टूट गए।' इस तरह के स्वसंवाद से पंकज उदास हुआ क्योंकि अब उसे मंगेश के दस हजार रुपए लौटाने पड़ेंगे।

इस उदाहरण से अब आप समझ गए होंगे कि आनंद, तेजआनंद बाहर की घटना में नहीं बल्कि हमारे अंदर चलनेवाले स्वसंवाद में है। उपरोक्त उदाहरण में अगर दुःख का कारण मंगेश है तो सभी को दुःख होना चाहिए था पर ऐसा नहीं हुआ। इस घटना में एक को खुशी हुई तो एक को दुःख हुआ। दुःख का कारण यदि मंगेश था तो सुख का कारण कौन है? इसका अर्थ है मंगेश दुःख का कारण नहीं है, दुःख का कारण कोई और बात है। दुःख का कारण स्व के साथ होनेवाला वार्तालाप है। यह वार्तालाप अज्ञान और बेहोशी में भी हो सकता है या समझ और

होश के साथ भी हो सकता है। हमारे अंदर सतत स्वसंवाद चल रहा है, जिसकी वजह से कोई घटना सुखद या दुःखद बन जाती है। जब आप यह रहस्य जान जाएँगे तब आप दुःख से मुक्त होने का सूत्र जान जाएँगे। इस सूत्र पर लगातार काम करके आप उत्तम जीवन प्राप्त कर पाएँगे।

आपके जीवन में घटनाएँ तो घट रही हैं, उनमें से कुछ घटनाएँ आप पर असर करती हैं, जबकि कुछ घटनाएँ आप पर कोई असर नहीं करतीं। घटनाओं के वक्त या घटना के बाद तोलू मन जो वार्तालाप (कॉमेंट्री) आपके भीतर करता है, वह जो आँखों देखा हाल आपको बताता है, उसी से सब नाटक (अंधा खेल) शुरू हो जाता है।

आपने उपरोक्त उदाहरण द्वारा समझा कि हमारे अंदर स्थित तोलू मन को प्रशिक्षण व समझ मिलने की कितनी आवश्यकता है। इस प्रशिक्षण (ट्रेनिंग) के बाद ही उसकी गलत कॉमेंट्री (स्वसंवाद से होनेवाली परेशानी) खत्म होगी। तोलू मन की कॉमेंट्री खत्म होने से सहज मन को ज्यादा कार्य मिलेगा। सहज मन हर कार्य को सुंदर ढंग से करने के लिए सदा तैयार है। तोलू मन के कारण सहज मन का कार्य ज्यादा नहीं हो पाता है। तोलू मन का अपना अलग ही कार्य (आशंका, अनुमान, अहंकार, अविश्वास) चल रहा है, जिस वजह से इंसान उत्तम जीवन छोड़कर बड़े दुःख में जी रहा है।

*'मैं शानदार हूँ। मैं शान से परे नहीं जाता हूँ।
परेशान होना मैंने छोड़ दिया है।'*

भाग चार

स्वसंवाद से विचारों को दिशा दें
सभी दुःखों की जड़ - स्वसंवाद

ईश्वर को कोमल फूल चढ़ाना ठीक है,

ईश्वर से क्षमा माँगना अच्छा है,

सबको क्षमा कर ईश्वर को निर्मल मन चढ़ाना उत्तम है।

इंसान का मन जो हर क्षण स्वसंवाद करता रहता है, वही सभी दुःखों की जड़ है। आप मन को उठते, बैठते, खाते, पीते, सुबह, शाम, दिन, रात बोलते हुए देखते हैं। अगर तोलू मन ठीक हो जाए यानी उस मन का स्व सुसंवाद शुरू हो जाए तो बाकी सब ठीक हो सकता है। जैसे वृक्ष की जड़ में पानी डालने से पूरा वृक्ष हरा-भरा हो जाता है, वैसे ही जड़ रूपी मन ठीक करने से शरीर रूपी वृक्ष हरा-भरा रह सकता है। स्व सुसंवाद से यह हो सकता है।

तोलू मन को आदत होती है कि वह लगातार तुलना, तोलना स्वकुसंवाद करता रहता है। वह हर घटना में सतत कुछ न कुछ कहता रहता है। 'यह अच्छा हुआ, यह बुरा हुआ, अब दुःख हो रहा है, अब खुशी हो रही है', तोलू मन इस तरह के लेबल लगाता रहता है। स्वसंवाद

करता रहता है। मन क्षणिक लाभ और हानि से हमेशा प्रभावित होता है।

मन एक पल में खुश तो दूसरे पल में दुःखी होता है। यहाँ पर टीचर और विद्यार्थी का उदाहरण दिया गया है, जिसके द्वारा आपको समझ में आएगा कि इंसान का तोलू मन कैसे गलत स्वसंवाद में, अच्छे और बुरे के चक्र में फँसते-निकलते रहता है।

'बच्चो! हम सब कल पिकनिक पर जानेवाले हैं।' टीचर ने जोर से कहा और जैसे क्लासरूम में बम फूटा। तालियाँ और हँसी से क्लासरूम हिलने लगी।

'वाह! वाह! बहुत अच्छा, मजा आएगा। खूब जमेगी, खूब जमेगी।' ऐसी कई सारी आवाजें क्लासरूम से आने लगीं। इतने में टीचर ने हाथ उठाया, धीरे-धीरे क्लासरूम में शांति फैल गई।

'पिकनिक पर हर विद्यार्थी को आठ सौ रुपए खर्च आएगा।' टीचर ने आगे कहा। अब सन्नाटा छा गया।

'अरेरे! यह तो बहुत ज्यादा है', एक लड़की ने धीरे से कहा। उसके शब्दों में नाराजगी दिखाई दे रही थी।

'मैं तो पिकनिक पर नहीं जा पाऊँगा, बहुत बुरा हुआ, काश मेरे पास ज्यादा पैसे होते', ऐसी कई आवाजें आनी शुरू हुईं।

'यदि हम प्लेन से गए तो आठ सौ रुपए लगेंगे।' टीचर ने हँसते-हँसते कहा, 'लेकिन बस से गए तो प्रत्येक विद्यार्थी को दो सौ रुपए लगेंगे इसलिए हम बस से जाएँगे' तब क्लासरूम में तालियाँ बजीं।

'अरे वाह! हम बस से ही जाएँगे। दो सौ रुपए में काम हो जाएगा। वहाँ कुछ खरीददारी भी कर पाएँगे। सही मौका आया है।'

'अभी-अभी पता चला है कि सभी पिकनिक स्पॉट भरे हुए हैं।'

'अरे! यह तो बहुत बुरा हुआ। हमारे प्रोग्राम में बाधाएँ क्यों आती हैं?'

'मगर हमें जुहू बीच का स्पॉट मिल गया है।'

'अरे वाह, वाह बहुत बढ़िया! खूब खाएँगे, गाएँगे। सब ठीक हो गया।'

'हमें खाने में साबुदाना मिलेगा।'

'अरे! क्या हमें पिकनिक पर भी उपवास रखना है? फिर यह कैसी पिकनिक?'

'मगर जिन्हें उपवास है, सिर्फ उन्हें ही साबुदाना मिलेगा। बाकी लोगों को बिर्यानी और कढ़ी मिलेगी।'

'अरे वाह! वाह! यह डिश तो मेरी पसंदीदा डिश है। बड़ा मजा आएगा।'

'प्रिंसिपल भी हमारे साथ आनेवाले हैं।'

'अरेरे! सारा मजा किरकिरा हो गया।'

'मगर वे सिर्फ सी ऑफ (अलविदा) करने आएँगे।'

'अरे वाह! वाह! कोई बात नहीं। हम खुलकर नाच-गा पाएँगे।'

इस वार्तालाप द्वारा किस तरह इंसान का तोलू मन एक ही घटना में स्वसंवाद द्वारा खुश या दुःखी होता है, यह आप समझ पाए। अब समझें कि कौन सी बात की वजह से मन की अवस्था बार-बार बदलती है। मन को आदत होती है कि वह हर बात को अच्छे या बुरे का लेबल लगाता है। लेबल लगानेवाले मन को ही तोलू मन कहा जाता है, जो हर घटना को काली या सफेद पूँछ लगाता रहता है। इंसान के अंदर के तोलू मन का स्वसंवाद ही दुःख का मूल कारण है। स्वसंवाद पर आपको काम करना है। इंसान की समस्या भी उसके अंदर है और उसका समाधान भी उसी के अंदर चलता है।

इंसान दूसरों के अंदर चलनेवाले स्वसंवाद को जानना चाहता है, दूसरों के विचारों को पढ़ना चाहता है लेकिन ऐसा चाहकर वह उत्तम जीवन से दूर हो रहा है। इंसान को चाहिए वह अपने अंदर चलनेवाले स्वसंवाद को जाने और उसे जानबूझकर बदले। जब हम विचारों को कोई दिशा नहीं देते तब वे परेशानी का कारण बनते हैं। स्वसंवाद द्वारा अपने विचारों को होशपूर्वक दिशा दें। जब आपके विचारों को दिशा मिलेगी तब आप यह अनुभव कर पाएँगे कि आपका आनंद कहीं खोया नहीं है, वह सदा आपके साथ चल रहा है।

जैसे एक स्त्री की पीठ पर उसका बच्चा बँधा हुआ था। उसने लोगों से पूछा, 'क्या किसी ने मेरा बच्चा देखा है?'

'हमने तुम्हारे बच्चे को नहीं देखा।' लोगों ने उससे कहा। इस तरह काफी समय तक वह स्त्री अपने बच्चे को ढूँढ़ती रही। अंत में शाम ढलने पर उसने एक इंसान से अपने बच्चे के बारे में पूछताछ की।

उस इंसान ने सहजता से उस स्त्री से पूछा, 'तुम्हारी पीठ पर जो बच्चा है, कहीं तुम उसे ही तो नहीं ढूँढ़ रही?' तब उस स्त्री की समझ में आया कि उसकी पीठ पर ही उसका बच्चा है। उसे विचार आया कि 'इतने सारे लोगों को मैंने पूछा मगर किसी ने मुझे क्यों नहीं बताया कि मेरा बच्चा मेरी ही पीठ पर है। कुछ लोगों ने तो इस बच्चे को जरूर देखा होगा।' लोगों को लगा होगा कि वह औरत किसी और बच्चे को ढूँढ़ रही है, ऐसा कैसे होगा कि वह अपने पीठ पर बँधे बच्चे को ढूँढ़ रही हो इसलिए लोगों ने उस औरत को बच्चे के बारे में नहीं बताया।

इंसान के साथ भी यही हो रहा है। वह खुद अपने दुःख का इलाज अपने साथ लेकर घूम रहा है, आनंद अपने साथ लेकर घूम रहा है और सबसे पूछ रहा है कि 'आनंद कहाँ मिलेगा? जीवन उत्तम कैसे बनेगा? असली खुशी कहाँ मिलेगी?' अब आप अपनी डायरी में वे सारे स्वसंवाद लिख लें जिससे आपके विचारों को दिशा मिले, जिससे आपके जीवन में समय, प्रेम, सेहत और संतुष्टि बढ़े। इन स्वसंवादों को समय मिलने पर पढ़ें और दोहराएँ। आपका उत्तम जीवन शुरू हो चुका है।

भाग पाँच

स्वसंवाद और सामान्य बुद्धि

मंद बुद्धि के दुश्चक्र से बाहर आएँ

शरीर को जिंदा रखने के लिए भोजन करना ठीक है,
शरीर को स्वस्थ रखने के लिए भोजन करना अच्छा है,
शरीर को मंदिर जानकर उचित भोजन करना उत्तम है।

अपने अंदर स्वसंवाद का जादू लाने के लिए दूसरा गुण होना चाहिए 'सामान्य बुद्धि।' हमें भरपूर सामान्य बुद्धि यानी कॉमन सेंस की आवश्यकता है। सामान्य बुद्धि होना बहुत महत्वपूर्ण है, जो आज-कल कम है। एक लड़के ने अपने दोस्त से कहा, 'अच्छा हुआ मैं किसी गुजराती परिवार में पैदा नहीं हुआ।' दोस्त को यह सुनकर आश्चर्य हुआ और उसने उस लड़के से पूछा, 'तुम ऐसा क्यों कह रहे हो?' उस बात पर उस लड़के ने जवाब दिया, 'क्योंकि मुझे गुजराती नहीं आती।' यहाँ पर आपने समझा कि उस लड़के की सामान्य बुद्धि कितनी कम थी। यह सामान्य बुद्धि की बात थी कि अगर वह गुजराती परिवार में पैदा होता तो उसे गुजराती भाषा आ जाती। इसमें पहले से गुजराती आने का कोई संबंध नहीं है।

स्वसंवाद से योग्य परिणाम कैसे प्राप्त करें

एक बार की बात है कि एक गधे के ऊपर एक इंसान छड़ी लेकर बैठ गया। उसने छड़ी के एक छोर पर केला बाँधकर गधे के सामने लटका दिया। केला देखकर गधे को लगा कि वह थोड़ा आगे बढ़ेगा तो केला खा लेगा लेकिन गधा केला खाने के लिए जितना आगे बढ़ता है, केला उससे और आगे होता जाता है क्योंकि जिस इंसान के हाथ में केला है वह तो गधे के ऊपर ही बैठा है। गधा जितना आगे बढ़ेगा केला भी उतना ही आगे बढ़ता जाएगा। सामान्य बुद्धि न होने की वजह से गधा प्रयास बहुत करता है लेकिन परिणाम नहीं पाता। इंसान भी कई बार बहुत सारी मेहनत करता है लेकिन मेहनत का फल उसे नहीं मिलता। इंसान को चाहिए कि वह सदा सहज बुद्धि का भरपूर इस्तेमाल करे। परिणाम न मिलने पर अपने साथ स्वसंवाद करे, 'इस काम का परिणाम न मिलने के तीन मुख्य क्या कारण हैं? मुझे उन कारणों को डायरी (कागज) में लिख लेना चाहिए। अगली बार मुझे अलग क्या करना चाहिए, जिससे अच्छा परिणाम आए? इस बार की हुई गलतियों से मैंने क्या सीखा है, उसे लिख लेना चाहिए।' इस तरह स्वसंवाद और कलमबद्ध करने (लिख लेने) से हर कर्म का उचित फल (लक्ष्य) मिलता है।

स्वसंवाद ही आनंद और दुःख का कारण है

उत्तम जीवन का लक्ष्य क्या है? सभी को तेजआनंद, परमानंद प्राप्त हो जिसकी तलाश हर एक कर रहा है। अगर कोई इंसान पैसे के पीछे भागता है तो भी वह आनंद प्राप्त करने की ही तलाश कर रहा है। लोग उसी आनंद को शराब, जुए और नशे में भी ढूँढ़ते हैं।

जहाँ चार लोग मिलते हैं वहाँ वे दूसरों की बुराई करना शुरू कर देते हैं क्योंकि जब दूसरों की बुराई होती है तब उन्हें नकली आनंद मिलता है और उन्हें बहुत अच्छा लगता है। लोगों में यह सामान्य बुद्धि होनी चाहिए कि हम जो दूसरों की पीठ पीछे बुराई करते हैं, वह हमारे जीवन में दुष्परिणाम बनकर वापस लौटती है। सहज बुद्धि का इस्तेमाल करके ऐसे संवाद से हमेशा बचें। पीठ पीछे कुछ कहना ही है तो लोगों की अच्छाइयाँ बताएँ, दूसरों की प्रशंसा ही करें। इस तरह आप लोगों में अच्छाइयाँ फैलाएँगे।

जहाँ दो या दो से ज्यादा औरतें मिलती हैं वे इसकी, उसकी बुराई करने लग

जाती हैं क्योंकि उन्हें भी बुराई करने में आनंद मिलता है। हकीकत में उन्हें उस अंदर के आनंद की तलाश होती है मगर चूँकि उन्हें अंदर के असली आनंद के बारे में पता नहीं है इसलिए वे एक-दूसरे की बुराई करके नकली आनंद की तलाश करती हैं। जैसे वह गधा केले के पीछे जा रहा था वैसे ही पैसा कमानेवाला इंसान सामान्य बुद्धि का इस्तेमाल न करके पैसे के पीछे भागता है। वह कहता है कि थोड़ा और आगे जाऊँगा तो काम हो जाएगा, थोड़े और पैसे कमा लूँगा तो काम हो (संतोष मिल) जाएगा। इंसान सोचता है एक लाख से दो लाख हो जाएँ, एक करोड़ से दो करोड़ हो जाएँ तो फिर आनंद आएगा मगर ऐसा नहीं होता। वह जीवनभर उस गधे की तरह आगे बढ़ता है और आनंद उससे और आगे बढ़ जाता है। आपको इस मंद बुद्धि के दुश्चक्र से बाहर आना है।

इस चक्र से बाहर आने के लिए सामान्य बुद्धि (सहज बुद्धि) का इस्तेमाल करें। सामान्य बुद्धि से यह समझें कि हर इंसान आनंद की ही तलाश में है और वह आनंद हमारे अंदर ही है, सिर्फ हमें उसे जानने की कला आ जाए। समझ के साथ आपकी इतनी ग्रहणशीलता हो जाए कि आपको कोई सत्य बताए तो तुरंत आपको उस सत्य से साक्षात्कार हो जाए।

यदि इंसान की हर क्रिया के पीछे आनंद प्राप्ति की ही इच्छा है तो वह आनंद कैसे प्राप्त किया जाए? क्या वाकई वह आनंद प्राप्त करना आसान है? इंसान एक ही दिन में कई बार अपने विचारों की वजह से परेशान होता है। एक विचार से वह खुश होता है और दूसरे विचार से दु:खी हो जाता है। इस तरह आपके 'स्वसंवाद' आपके आनंद और दु:ख, दोनों के लिए कारण बनते हैं। स्वसंवाद से आनंद और दु:ख कैसे आता है, इसे एक उदाहरण द्वारा समझें।

परीक्षा खत्म होने के बाद दो मित्र आपस में मिलते हैं। उनके बीच जो वार्तालाप होता है, उससे आपको समझ में आएगा कि विचार (स्वसंवाद) कब आनंद देता है और कब दु:ख देता है।

पहला मित्र - आज परीक्षा खत्म हो गई।

दूसरा मित्र - अरे वाह! यह तो अच्छी बात है।

पहला मित्र - आज बहुत कठिन विषय की परीक्षा थी।

दूसरा मित्र – अरे रे रे...!

पहला मित्र – मगर परीक्षा हॉल में बहुत नकल हुई।

दूसरा मित्र – अरे वाह! वाह! वाह! ये तो अच्छी बात है।

पहला मित्र – मगर नकल करते वक्त मैं पकड़ा गया।

दूसरा मित्र – अरे रे रे...!

पहला मित्र – मगर टीचर ने मुझे छोड़ दिया।

दूसरा मित्र – अरे वाह!

पहला मित्र – मगर मेरे पिताजी को मालूम पड़ गया।

दूसरा मित्र – अरे रे रे रे...!

पहला मित्र – मगर माँ ने मुझे बचा लिया।

दूसरा मित्र – अरे वाह! वाह! वाह...!

पहला मित्र – मगर पिताजी ने कहा कि तुम इस बार छुट्टियों में नानी के पास नहीं जाओगे।

दूसरा मित्र – अरे रे रे...!

पहला मित्र – लेकिन इस बार नानी ही हमारे घर आ रही है।

दूसरा मित्र – अरे वाह ! यह तो अच्छी बात है।

इस वार्तालाप से आपको समझ में आया होगा कि किस तरह हर बात पर हमारा वार्तालाप बदलता रहता है। स्वसंवाद से हमें सुख और दुःख महसूस होता है। नकारात्मक संवाद से दुःख, सकारात्मक संवाद से सुख और सत्य संवाद से तेज आनंद मिलता है। वास्तव में आनंद विचारों में है या विचार जहाँ से निकल रहे हैं, वहाँ स्थापित होने में है? उत्तम जीवन यही रहस्य खोलता है।

*'मैं पुरानी सीमाओं से आगे निकलकर जीवन जीने को तैयार हूँ।
अब मैं मुक्त रूप से अपने गुण अभिव्यक्त कर रहा हूँ।'*

भाग छः

स्वकुसंवाद – उत्तम जीवन में बाधा
एक अनोखी चीज

विचारों को दिशा देना ठीक है,

विचारों को साक्षी बनकर देखना अच्छा है,

विचारों को स्वदर्शन करने के लिए आइना बनाना उत्तम है।

ईश्वर ने अपने साथ क्या स्वसंवाद किया, जिस वजह से संसार बनाने की योजना उसने बना डाली? संसार बनाने के बाद उसने क्या स्वसंवाद किया होगा, जिससे उत्तम जीवन का निर्माण हुआ? आइए, इसे शब्दों और परिकल्पना के सहारे समझें।

सृष्टि बनने के बाद ईश्वर ने सबसे पहले, 'समय और जगह (Time and Space)' का निर्माण किया। ये दो चीजें बनाने के बाद भी ईश्वर को उतना आनंद नहीं आया, जितना आनंद सृष्टि बनाने के बाद आना चाहिए था। उतना आनंद प्राप्त न होने पर ईश्वर ने एक और चीज का निर्माण किया, वह चीज है 'जीव।' जीव का हर काम सुचारु ढंग से होने के लिए ईश्वर ने हर जीव में एक सहज मन डाल दिया।

सहज मन

इंसान का मन अखण्ड है लेकिन उसे समझने के लिए अलग-अलग नाम देने पड़ते हैं। इस वक्त मन के दो नाम समझ लें। ये हैं सहज मन और तोलू मन। आइए पहले इनके काम और इनके महत्त्व को समझें।

सहज मन यानी वह मन जो हर क्रिया को सहजता से और अपनी समझ के अनुसार सही ढंग से करता है। आपने भी यह महसूस किया होगा कि जब भी आप सहज मन से काम करते हैं तब आपका समय कैसे बीत जाता है, इसका आपको पता ही नहीं चलता। आप कुछ रचनात्मक काम करने में लगे हुए हैं और उसमें आपके पाँच घंटे बीत गए। जब आपको यह पता चलता है तब आप कहते हैं, 'अरे! पाँच घंटे बीत गए और हमें पता भी नहीं चला। यह कैसे हुआ, कितना आश्चर्य है!'

ईश्वर ने इंसान में जब सहज मन डाला तब वह जीव अनोखा बना। जीव बनने के बाद भी ईश्वर ने महसूस किया कि जो आनंद उसे आना चाहिए था, वह आनंद अब तक नहीं आया। ईश्वर के सामने यह प्रश्न था कि परम आनंद कैसे आए? फिर ईश्वर ने सोचा कि इंसान में ऐसी कोई चीज जोड़नी होगी, जिससे वह सृष्टि का आनंद महसूस कर पाए।

सहज मन बनाने के बाद ईश्वर ने एक अनोखी चीज बनाई। आज की भाषा में उस अनोखी चीज को तोलू मन (contrast mind) कहते हैं। तोलू मन का अर्थ है वह मन जो हर बात को दो में विभाजित करके तुलना और निर्णय करता है। जैसे सफेद-काला, अच्छा-बुरा, सुख-दुःख, ज्यादा दुःख-कम दुःख, ज्ञान-अज्ञान इत्यादि। आपने टी.वी. पर काँट्रास्ट कंट्रोल (बटन) देखा होगा, इस बटन के बाजू में एक छोटा गोल चित्र बना होता है, जिसके एक तरफ आधा सफेद और दूसरी तरफ आधा काला हिस्सा छपा होता है (◐)। ठीक वैसे ही तोलू मन भी हर चीज को दो में विभाजित करता है इसलिए उसे काँट्रास्ट माइंड कहा जाता है।

जब आप कोई भी काम करते हैं तब तोलू मन की आपके अंदर इस तरह की कॉमेंट्री (बातचीत) चलती है कि 'मेरा यह काम कब होगा, कैसे होगा? यह काम इतना बोरिंग है, वह काम पहले करूँ तो कितना अच्छा होगा, क्या सारे काम मुझे ही करने हैं? कितना भी काम करो तो भी श्रेय (क्रेडिट) किसी और को ही मिलेगा, क्या फायदा ज्यादा काम करके?' तोलू मन आपको आँखों देखा हाल (आस-पास

में होनेवाली लोगों की हरकतें) बताता है। आप जानते हैं कि जब भी क्रिकेट मैच चलती है तब कोई उस खेल की कॉमेंट्री करता है। उस कॉमेंट्री (वार्तालाप) के अनुसार सुननेवाले लोग उछल-कूद करके चिल्लाते हैं या नाराज होकर तोड़-फोड़ करते हैं। यह सब इंसान के अंदर चलनेवाले स्वसंवाद का नतीजा है। तोलू मन लगातार संवाद कर रहा है। अभी आप यह पुस्तक पढ़ रहे हैं तो भी बीच-बीच में आपके अंदर एक कॉमेंट्री चल ही रही होगी, कुछ न कुछ डायलॉग्ज (संवाद) चल ही रहे होंगे। तोलू मन ही यह कॉमेंट्री अपने ज्ञान-अज्ञान, सूचना और जानकारी के अनुसार करता है। जब ईश्वर ने इस अजूबे (मन) को बनाया तब उसे अति आनंद आया। ऐसा क्यों हुआ?

किसी भी घटना में तोलू मन हर बात को झट से लेबल लगाता है, 'यह अच्छा हुआ, यह बुरा हुआ।' तोलू मन सब पहले से ही तय करके रखता है। जब इंसान सुनता है कि किसी को लड़का हुआ तब उसका तोलू मन कहता है, 'बड़ा अच्छा हुआ, लड़का हुआ' और जब किसी को लड़की होती है तो कहता है, 'बहुत बुरा हुआ।' वह तुरंत हर घटना पर अच्छे-बुरे का लेबल लगाता है। तोलू मन पहले से ही सब तय करके रखता है। अगर किसी ने आपको अच्छा कहा तो आप उसे धन्यवाद देते हैं और किसी ने आपको गेंडा (बुरा शब्द) कहा तो आप उसे गाली देते हैं। तोलू मन पहले से ही यह सोचकर रखता है कि 'मुझे कोई ऐसा कहेगा तो मैं यह कहूँगा, वैसा करेगा तो मैं ऐसा करूँगा।' इस तरह तोलू मन आपको निरंतर आँखों देखा हाल बताता रहता है और आपसे बिना सोचे प्रतिक्रियाएँ करवाते रहता है। यदि आप सजग न रहे तो तोलू मन आपके दुःख का कारण बनेगा जो आनंद के लिए ईश्वर ने बनाया। ईश्वर ने आनंद पाने के लिए तोलू मन को अलग-अलग जीवों में डालकर देखा। आपको इस उदाहरण द्वारा जैसे समझाया जा रहा है, ऐसा सचमुच नहीं हुआ है। यह एक समझाने का तरीका है। इस उदाहरण द्वारा आप यह समझने का प्रयास करें कि 'आप कौन हैं और आपके अंदर जो जीवन चल रहा है वह क्या है? जीवन में असली बाधा क्या है? ऐसा हम क्या जान जाएँ, जिससे हमारा बचा हुआ जीवन उत्तम हो जाए?'

गधा और तोलू मन

ईश्वर ने पहले तोलू मन नहीं बनाया बल्कि जीव बनाया था, जीव से ही जीवन खिला। जीवों में जब तोलू मन नहीं था तब सभी का जीवन बड़ी सुंदरता से चल रहा

था लेकिन ईश्वर को आनंद नहीं आ रहा था। आनंद प्राप्त करने के लिए ईश्वर को कुछ निर्माण करना था इसलिए ईश्वर ने तोलू मन, इंसानी मन का निर्माण किया। मन की वजह से ही इंसान को मनुष्य कहा गया है।

ईश्वर के समक्ष तोलू मन डालने के लिए बहुत सारे जीव थे। ईश्वर सोच रहा था कि 'तोलू मन को किस जीव के अंदर डालें?' तभी उसे एक गधा दिखाई दिया। गधा बड़े आनंद से जंगल में घूम रहा था। ईश्वर ने गधे में तोलू मन डालकर देखा कि उसके अंदर कौन से संवाद चल रहे हैं। तोलू मन डालने के बाद गधे के अंदर ये स्वसंवाद चलने लगे कि 'सारी दुनिया का बोझ मेरे ऊपर है। मेरे साथ ही ऐसा क्यों है? क्या मैंने ही सबका बोझ उठाने का ठेका ले रखा है?' गधा ऐसे विचार करने लगा और इस वार्तालाप से बहुत दुःखी रहने लगा। ईश्वर को गधे की बुद्धि पर हँसी आई लेकिन उतना आनंद नहीं मिला जितना वह चाहता था। ईश्वर ने गधे से 'तोलू मन का काम कैसा लगा?' यह पूछा। गधे ने बताया, 'तोलू मन से केवल दुःख मिलता है। अलग से कोई नया आनंद नहीं मिला।' फिर ईश्वर ने तोलू मन को गधे के अंदर से निकाल दिया व किसी अन्य जीव को ढूँढ़ने लगा।

हिरनी और तोलू मन

कुछ समय पश्चात ईश्वर को एक हिरनी दिखाई दी। थोड़ी देर पहले उस हिरनी ने एक शेर को चकमा देकर अपने आपको बड़ी मुश्किल से बचाया था। उसी समय हिरनी को हरी-हरी घास दिखाई दी और वह घास चरने लगी। उस वक्त ईश्वर ने तोलू मन को हिरणी के अंदर डाल दिया। तोलू मन के अंदर जाते ही हिरनी के अंदर ये स्वसंवाद चलने लगे कि 'थोड़ी देर पहले मेरे पीछे एक शेर पड़ा था। मुझे खा जाता तो क्या होता? ईश्वर ने यह विश्व कैसा बनाया है? इस जंगल में कितने अपराधी घूमते रहते हैं, वे हम जैसे जानवरों को मार डालना चाहते हैं। इस जंगल में कुछ अपराधी हैं तो कुछ निरपराधी। यहाँ से सभी अपराधियों को निकाल देना चाहिए। ईश्वर ने अपराधी तो बनाए मगर मुझे डरपोक क्यों बनाया? मैं इतनी डरपोक क्यों हूँ? अगर कल फिर से शेर आएगा तो मैं क्या करूँगी? इस वक्त हरी घास भी मुझे स्वाद नहीं दे रही है। अब क्या होगा?'

इस प्रकार के स्वसंवाद के बाद हिरनी के अंदर चिंता, विचारों की कलाबाजियाँ शुरू हो गई। ईश्वर ने हिरनी से पूछा, 'तुम्हारे अंदर तोलू मन डालने से

इन विचारों के अलावा तुम्हें कुछ और अलग महसूस हो रहा है या नहीं?' हिरणी ने कहा, 'इसके अलावा मुझे कुछ महसूस नहीं हो रहा है।' फिर ईश्वर ने तोलू मन को हिरनी के अंदर से निकाल लिया और एक नए जीव की खोज में लग गया।

कुत्ता और तोलू मन

ईश्वर को जब गधे और हिरनी में तोलू मन डालने के बाद भी आनंद नहीं आया तब उसने कुत्ते में तोलू मन डाल दिया। ईश्वर ने सोचा कि 'अब कुत्ते के अंदर तोलू मन डालकर देख लूँ कि उसके अंदर कौन से विचार चलते हैं।'

जैसे ही कुत्ते के अंदर तोलू मन ने प्रवेश किया, वैसे ही उसके मन में इस तरह के संवाद शुरू हो गए कि 'मैं कितना अच्छा प्राणी हूँ, सभी को देखकर मैं अपनी पूँछ हिलाता हूँ। सबकी तारीफ करता रहता हूँ, फिर भी लोग मुझे दुत्कारते रहते हैं। ऐसा मेरे साथ ही क्यों होता है? सभी के लिए मैं अच्छा करता हूँ, सभी से वफादार रहता हूँ फिर भी मुझे दुत्कार दिया जाता है, मुझसे बेवफाई की जाती है। दूसरे मुहल्ले का कुत्ता मेरे मुहल्ले में आकर मुझे भौंककर चला जाता है। अब वह कुत्ता आएगा तो मैं यह करूँगा, वह करूँगा।' कुत्ते के अंदर तोलू मन की बड़बड़ शुरू हो गई। यह देखकर ईश्वर ने सोचा, 'तोलू मन ने कुत्ते के अंदर काफी अच्छा काम किया, फिर भी अब तक वह आनंद नहीं आया, जिसके लिए मैंने यह लीला रची है। अब अन्य जीवों में यह प्रयोग करके देखता हूँ।'

चींटी और तोलू मन

कुत्ते में तोलू मन डालने के बाद ईश्वर ने इस पृथ्वी का एक छोटा जीव चींटी के अंदर तोलू मन डाला। पहले चींटी मजे से घूम रही थी मगर जैसे ही उसके अंदर तोलू मन ने प्रवेश किया, वैसे ही उसके मन में ये संवाद शुरू हो गए, 'ईश्वर कैसा है? ईश्वर ने यह संसार कैसा बनाया? मुझे इतना छोटा बनाया और बाकी जीवों को कितना बड़ा बनाया है। ईश्वर को मेरे साथ ऐसा नहीं करना चाहिए था। मुझे पर निकल आते तो कितना अच्छा होता। आज लोग मुझे चींटी की तरह (अपने पैरों तले) मसल देते हैं। दिनभर यहाँ-वहाँ घूमकर बहुत बोर होता है।' चींटी के अंदर भी ईश्वर को दिखाई दिया कि तोलू मन का असर कुछ विशेष या अलग नहीं हो रहा है।

बंदर और तोलू मन

फिर ईश्वर ने बंदर के अंदर तोलू मन डालकर देखा। थोड़ी देर पहले ही बंदर इस डाली से उस डाली पर उछल-कूद कर रहा था। जैसे ही बंदर के अंदर तोलू मन ने प्रवेश किया, वैसे ही उसके मन में ये संवाद उठने लगे, 'ईश्वर ने मेरा चेहरा इतना बदसूरत क्यों बनाया है? काश मेरी बड़ी-बड़ी आँखें होतीं और नाक नुकीली होती तो कितना अच्छा होता। बंदर कब सिकंदर (मदारी) बनेगा?' आप जानते हैं कई लोग अपना चेहरा भी स्वीकार नहीं कर पाते। अपने रंग-रूप को लेकर वे हमेशा परेशान रहते हैं। उनके अंदर भी बंदर की तरह विचार चलते रहते हैं, 'काश! मेरे नैन-नक्श तीखे होते। मेरी लंबाई इतने फुट और इतनी इंच होती।' वे अपने शरीर को भी स्वीकार नहीं कर पाते। तोलू मन हमेशा कुछ न कुछ अस्वीकार करते रहता है। लोगों को अपना शरीर स्वीकार नहीं होता है और वे अपनी अस्वीकार की भावना को छिपा भी नहीं पाते।

बंदर के मन में भी ऐसे ही विचार चल रहे थे। बंदर के अंदर तोलू मन डालकर ईश्वर को थोड़ा आनंद आने लगा लेकिन उतना आनंद नहीं आया जितना आनंद इंसान के अंदर तोलू मन डालने से आया।

इंसान और तोलू मन

अंत में ईश्वर द्वारा इंसान में जब तोलू मन डाला गया तब इंसान की एक साथ हजारों शिकायतें शुरू हो गईं। इंसान के अंदर यह स्वसंवाद चलने लगा, 'ईश्वर ने ऐसा क्यों किया? एक को गरीब और एक को अमीर क्यों बनाया? उसे ऐसा नहीं करना चाहिए था। एक इंसान अपराधी है तो दूसरा निरपराधी है। एक इंसान को यह चीज पसंद है तो दूसरे इंसान को वह चीज पसंद है। कुछ लोग बेसुरे हैं तो कुछ लोगों की आवाज मधुर है। ये सब फर्क नहीं होना चाहिए था। दिन के बाद रात क्यों है? छाँव के बाद धूप क्यों है? रोग और परेशानी क्यों है? काम, क्रोध, लोभ, लालच क्यों है? खाना खाने के लिए पैसा कमाना क्यों पड़ता है?' इस तरह इंसान की अनेक शिकायतें हैं। इंसान इसलिए हमेशा अपने जीवन में असंतुष्ट रहता है और सोचता है कि 'ऐसा होना चाहिए, ऐसा नहीं होना चाहिए।'

जरा सोचें कि दुनिया में सभी अमीर होते तो दुनिया कैसी होती? अगर कोई गरीब नहीं होता तो आपके घर में नौकर-चाकर कहाँ से आते? आपके घर और

ऑफिस के काम-काज कैसे होते? कौन घर बनाता? कौन खेती करता?

इस तरह ईश्वर ने हर जीव में तोलू मन डालकर देखा लेकिन उसे आनंद नहीं आया। जब उसने इंसान में तोलू मन डाला तब उसे असली आनंद मिला। तोलू मन को निमित्त बनाकर ईश्वर ने इंसान में आत्मसाक्षात्कार का अनुभव लिया। यह अनुभव बिना तोलू मन डाले नहीं हो सकता। इस अनुभव के उपरांत तोलू मन सदा इंसान में ही रहा। जब तक तोलू मन का रहस्य इंसान नहीं समझ लेता तब तक इंसान गलत स्वसंवाद करके दु:खी रहेगा।

स्वयं को भूलने के लिए ईश्वर ने तोलू मन बनाया, इंसान के विकास के लिए विज्ञान बनाया और स्वयं की लीला का साक्षी बनने के लिए उसने तेजज्ञान (सत्य ज्ञान) बनाया।

तोलू मन का अज्ञान

तोलू मन के पास यह समझ नहीं होती कि 'दुनिया के सभी कार्य योजना बद्ध तरीके से स्वचलित, स्वघटित प्रणाली से चल रहे हैं।' तोलू मन कुदरत के काम करने के तरीके को नहीं जानता इसलिए वह सदा नकारात्मक स्वसंवाद करता है। तोलू मन जब कुदरत के रहस्य समझ लेता है तब वह आश्चर्य, भक्ति और सराहना में समर्पित हो जाता है। समर्पित मन जब स्वसंवाद करता है तब शरीर में आनंद और प्रेम की लहरें उठती हैं। यह स्वसंवाद किसी उपनिषद् से कम नहीं है। तोलू मन को मिटाने के लिए ही सारी ध्यान विधियों और आध्यात्मिक मार्गों का आविष्कार हुआ है। तोलू मन को मिटाने के लिए आपको उत्तम जीवन प्राप्त करने की समझ दी जाती है।

इंसान का तोलू मन अज्ञान में यही चाहता है कि सभी की आवाज सुरीली हो, सभी अमीर हों, सभी लंबे हों लेकिन इंसान को यह समझ में आना चाहिए कि दुनिया में कुछ लोग बेसुरे होंगे तो ही जिनकी आवाज अच्छी है, उन लोगों की कदर होगी। यदि दुनिया में सभी लोगों की आवाज किशोर कुमार और लता मंगेशकर जैसी होती तो कोई भी किसी को नहीं सुनता। तोलू मन के बहकावे में आकर आपने संगीत जैसी खूबसूरत चीज को दुनिया से निकाल दिया होता। संगीत दुनिया की बहुत खूबसूरत चीज है और तोलू मन की सोच से उसी को आपने नष्ट कर दिया होता।

यदि तोलू मन के बहकावे में ईश्वर आ जाए और दुनिया में सभी लोगों की आवाजें अच्छी बना दे, सभी को अमीर बना दे, सभी को लंबे, गोरे, तगड़े, होशियार, ईमानदार बना दे तो क्या होगा? आपको यह सृष्टि जीने लायक नहीं लगेगी। इंसान को लगेगा कि अब सब अच्छा हो गया, सब खूबसूरत हो गए, सबकी आवाजें अच्छी हो गईं तो अब आनंद रहेगा मगर जब आप असलियत जानेंगे तब आपको वह जीवन अच्छा नहीं लगेगा। ऐसा जीवन आपको वैसा नहीं लगेगा, जैसा पहले लगता था।

इंसान में तोलू मन प्रकट हुआ तो उसमें वे सब बातें शुरू हो गई, जो ईश्वर चाहता था। ईश्वर ने देखा कि तोलू मन द्वारा जो मजा आना चाहिए था, वह आना शुरू हो गया। पहले यह तोलू मन प्रबल होगा, मजबूत होगा और जिस दिन यह फिर से गिरेगा, वह दिन सबसे बड़े आनंद का दिन होगा। यह भी जरूरी है कि पहले तोलू मन को मोटा किया जाए, फिर एक दिन उसे गिरा दिया जाए ताकि आनंद आए। जैसे एक इंसान अपने घर से कई दिनों के लिए बाहर जाकर जब वापस घर लौटता है तब उसे बहुत अच्छा लगता है। वह कहता है, 'अपने घर जैसा सुख और कहीं पर भी नहीं है' मगर इतने दिन से जब वह घर पर रह रहा था तब उसे अपने घर की कीमत मालूम नहीं थी। बहुत दिनों बाद वापस घर आने पर जो सुकून उसे महसूस हुआ, उससे उसे घर की कीमत पता चली।

उत्तम जीवन जीने वाले दुनिया के लिए नई मिसाल कायम करते हैं। उन्हें देखकर लोगों में उत्तम जीवन जीने की प्यास बढ़ती है।

जीवन की हर घटना में स्वसंवाद का जादू कैसे काम करे

विचारों को सही दिशा देने के लिए और किसी भी घटना में सही प्रतिसाद देने के लिए, स्वसंवाद बदलना सबसे बेहतरीन तरीका हो सकता है।

भाग एक

सोच-समझकर स्वसंवाद करें
शून्य संदेश

इंसान का पैदा होना, जीना, फिर मरना ठीक है,

इंसान का पैदा होना, जीना, मरने के पहले न मरना अच्छा है,

इंसान का पैदा होना, जीना, जीवन रहते ही मरना (अहंकार मिटना) उत्तम है।

समस्या का समाधान समस्या में ही होता है। स्वसंवाद अगर समस्या है तो उसका जवाब भी उसी के अंदर है। एक कहानी से समझते हैं कि कैसे स्वसंवाद सुख-दुःख में आपको संतुलित रख सकता है, शून्य में (न्यूट्रल) रख सकता है वरना छोटी सी दुर्घटना भी हमें कितनी तकलीफ पहुँचा सकती है।

कई साल पहले की बात है। एक गाँव में एक इंसान अपने बेटे के साथ रहता था। वह बहुत बूढ़ा हो चुका था। उसका नाम था, शून्यबाबा। शून्यबाबा हर समय शून्य में रहते थे, संतुलित रहते थे। कोई भी घटना उनके मन का संतुलन नहीं बिगाड़ सकती थी। हर काम में शून्यबाबा की खासियत थी 'शून्य में रहना।' उनके पास एक घोड़ा हुआ करता था। यह उस समय की बात है, जिस समय लोगों की जायदाद उनके पास कितने

घोड़े हैं इस पर निर्भर किया करती थीं। जितने ज्यादा घोड़े उतना वह इंसान अमीर और घोड़े जितने कम उतना वह इंसान गरीब समझा जाता था।

एक दिन ऐसा हुआ कि शून्यबाबा का घोड़ा कहीं चला गया। शायद गुम हो गया। सभी ने उस घोड़े को ढूँढ़ना शुरू किया। बहुत ढूँढ़ने के बाद भी घोड़ा नहीं मिला। गाँववाले आकर शून्यबाबा से मिले। उन्होंने कहा, 'शून्यबाबा, यह तो दुःख की घटना हुई। बहुत बुरा हुआ। आपका जो इकलौता घोड़ा था, वह भी चला गया। आपका बहुत नुकसान हुआ।'

लेकिन शून्यबाबा शून्य में थे। उनके चेहरे पर शांति थी और उस शांति में हास्य दिखाई दे रहा था। उसी शांति के साथ शून्यबाबा ने सहजता से कहा, '**इतनी जल्दी कैसे कह सकते हैं कि यह बुरा हुआ, नुकसान हुआ?**'

इस जवाब से लोग चौंक उठे। उन्होंने कहा,

'बुरा हुआ नहीं तो क्या हुआ? घोड़ा चला गया यानी जायदाद चली गई। यह तो नुकसान ही हो गया न?' ऐसा कहकर लोग चले गए।

इस घटना को छह-सात दिन हो गए। उस सात दिन के बाद शून्यबाबा का घोड़ा कहीं जंगल में गया था, वहाँ से वापस लौट आया। जब वह जंगल में गया था तो उसकी कई घोड़ों के साथ मित्रता हुई और वे सभी घोड़े उसके मित्र बने थे। वह वापस आते समय सात-आठ घोड़ों को साथ में लेकर आया। अब शून्यबाबा के पास उनका घोड़ा पकड़कर नौ घोड़े हो गए। शून्यबाबा का घोड़ा वापस आया और अपने साथ आठ घोड़ों को लाया। यह खबर गाँव में फैल गई। फिर सभी गाँववाले घोड़ों को देखने के लिए जमा हो गए। अब सभी शून्यबाबा की तारीफ करने लगे।

'शून्यबाबा, यह तो अच्छी घटना हुई, आप तो अमीर हो गए, यह तो बहुत अच्छा हुआ। आपका भाग्य खुल गया, आप तो भाग्यवान हैं, आपकी जायदाद आठ गुना बढ़ गई।'

शून्यबाबा फिर भी शांत थे। उसी हास्य में थे, शून्य में थे। उसी शून्य में रहते हुए शून्यबाबा ने मुस्कराकर कहा,

'**इतनी जल्दी कैसे कह सकते हैं कि भाग्य खुल गया, अच्छा हुआ?**'

लोगों ने वापस कहा, 'अच्छा हुआ नहीं तो क्या हुआ, इससे तो आपकी

जायदाद बढ़ गई और आप यह कहते हैं कि इतनी जल्दी अच्छा हुआ, यह कैसे कह सकते हैं!' इतना कहकर गाँववाले चले गए।

हुआ ऐसे कि जो जंगल से घोड़े आए थे, वे जंगली थे। उन जंगली घोड़ों को सिखाना आवश्यक था। शून्यबाबा का इकलौता लड़का, जो घोड़ों को ट्रेनिंग दे रहा था वह ट्रेनिंग देते हुए घोड़े से बुरी तरह गिर गया और उसकी एक टाँग टूट गई। वह अपाहिज हो गया। वह बहुत दुःख में था। शून्यबाबा अपने बेटे की सेवा में लगे हुए थे। उसकी टूटी हुई टाँग की मरहम पट्टी कर रहे थे। गाँववाले वापस मिलने आए और फिर उन्होंने शून्यबाबा से कहा,

'शून्यबाबा, यह तो बहुत बुरा हुआ।'

गाँववालों को बहुत दुःख हुआ। सामने पड़ा हुआ इकलौता बेटा अपाहिज हो गया है। उसे चलने के लिए बैसाखी का सहारा लेना पड़ रहा था। यह उस समय की बात है, जिस समय खुद काम करके खाना लाना पड़ता था। कहीं दफ्तर में गए, काम किया, पैसे मिले, ऐसा तो होता ही नहीं था। लोग कह रहे थे,

'शून्यबाबा यह तो बहुत बुरी घटना हुई, दुःखद घटना हुई। आपका दुर्भाग्य, आपका इकलौता बेटा अपाहिज हो गया।'

शून्यबाबा फिर भी शांत थे। उसी शांति, निर्मलता के साथ उन्होंने कहा, **'इतनी जल्दी आप ऐसा कैसे कह सकते हैं कि बुरा हुआ, यह दुःख की घटना है?'**

ऐसे समय में भी शून्यबाबा को शून्य में देखते हुए लोगों को आश्चर्य हुआ, जैसे कि बिजली का झटका लगा हो। कुछ लोगों ने आपस में कहा,

'अरे, ये बूढ़ा सठिया गया है। उससे अपने बच्चे का अपाहिज होना सहा नहीं जा रहा होगा इसलिए ऐसी बातें कर रहा है।'

यह बात समझकर भी शून्यबाबा शून्य में ही थे। लोग कह रहे थे, 'अरे, बुरा नहीं तो क्या हुआ? बेटा अपाहिज हो गया।'

फिर भी शून्यबाबा शून्य में थे। शांत रहते हुए अपने बच्चे की सेवा में लगे रहे। गाँववाले चले गए।

कुछ महीने के बाद वह गाँव जिस राज्य में था, उस गाँव पर पड़ोसी राजा ने

हमला कर दिया। जैसे ही हमला हुआ, सब नौजवानों को फौज में भरती करवाया गया। शून्यबाबा का लड़का अपाहिज था इसलिए उसे लिया नहीं गया। बाकी सभी फौज में चले गए। बहुत बड़ा युद्ध हुआ। युद्ध जीत लिया गया लेकिन गाँव में जितने नौजवान थे, वे सब के सब युद्ध में मारे गए। गाँव में यह खबर फैल गई तो सब गाँववाले शून्यबाबा से मिलने आए और उन्होंने कहा,

'शून्यबाबा, आपने सही कहा था, कैसा भी हो, लँगड़ा, अपाहिज हो लेकिन आपका बेटा आपके पास तो है। हमारा तो वह भी नहीं रहा। हमारा बेटा चला गया। आपका बेटा जीवित तो है।' यह सुनकर कुछ लोगों ने रोना ही शुरू किया। कुछ लोग शून्यबाबा को कह रहे थे कि

'कितना अच्छा हुआ आपका बेटा आपके पास तो है।'

इतनी देर शून्यबाबा शांत ही थे। उसी शांति के साथ शून्य में देखते हुए शून्यबाबा ने कहा,

'इतनी जल्दी कैसे कह सकते हैं कि अच्छा हुआ या बुरा हुआ ?'

इस कहानी में शून्यबाबा हमें बताते हैं कि घटना कोई भी हो, घटना होने के बाद तुरंत स्वसंवाद शुरू होता है कि 'यह अच्छा हुआ, यह बुरा हुआ, यह ज्यादा अच्छा हुआ या वह ज्यादा बुरा हुआ।' शून्यबाबा का यह संदेश हमें हमेशा याद रखना है। जब भी कोई सुखद या दुःखद घटना हो, स्वसंवाद शुरू होने से पहले ही दूसरा स्वसंवाद शुरू होना चाहिए। जो भी घटना हुई, वह अच्छी या बुरी हुई यह तुरंत नहीं कहेंगे। वह दिन जाने दें, कुछ समय उपरांत ही हम तय कर पाएँगे कि घटना अच्छी थी या बुरी थी।

हमारे जीवन में जो-जो घटनाएँ हुईं हैं उन्हें अपनी आँखों के सामने लाएँगे तो क्या होगा? जो घटनाएँ पाँच-छह साल पहले खराब लग रही थीं, नकारात्मक लग रही थीं, उस घटना को याद करके देखें तो क्या महसूस करते हैं? उसे देखकर अब लगता है कि वह घटना उतनी बुरी, उतनी नकारात्मक नहीं थी, जितनी उस समय लग रही थी। इसका अर्थ जीवन में जो घटना होती है, उसमें हमारा स्वसंवाद तुरंत शुरू होता है, 'यह बुरा हुआ, यह अच्छा हुआ, यह ज्यादा अच्छा हुआ, यह ज्यादा बुरा हुआ।'

आज के बाद शून्यबाबा का यह संदेश हम अपने साथ रखेंगे। कोई भी घटना हो, उसे जल्दी अच्छा-बुरा नहीं कहेंगे। शून्य की तरफ जाना है, शून्य के नजदीक रहना है, शून्य में रहना है और शून्यबाबा का संदेश हमेशा अपने साथ रखना है। अच्छी-बुरी घटना के बाद अपने आपको सिर्फ इतना ही कहना है, '**इतनी जल्दी कैसे कह सकते हैं कि यह अच्छा हुआ और इतनी जल्दी कैसे कह सकते हैं कि यह बुरा हुआ।**'

भाग दो

घटना की गेंद और स्वसंवाद

खयाली पुलाव कैसे रोकें

चुटकुला सुनकर, सुनाकर हँसना ठीक है,
अपनी गलतियों पर हँसना अच्छा है,
अपने आपको जानकर ईश्वर की लीला में हँसना उत्तम है।

कई लोगों के जीवन में एक-दो बातें अच्छी हुईं तो उनका स्वसंवाद कितना चलता है। उन अच्छी घटनाओं को लेकर वे उससे बाहर आ ही नहीं पाते। कोई छोटी सी घटना, जिसमें कामयाबी मिली हो तो उस कामयाबी को लेकर वे इतना स्वसंवाद करते रहते हैं, जिसकी वजह से वे हाथ में आई हुई कामयाबी को ठुकरा देते हैं।

ऐसी ही चंकी नाम के लड़के की यह कहानी है। वैसे तो वह बहुत मेहनती था लेकिन हमेशा अपना समय खयाली पुलाव बनाने में बिताता था। एक दिन उसके कॉलेज में ऐलान हुआ कि कॉलेज की बेस्ट फुटबॉल टीम का चुनाव होगा, उसके बाद एक क्लब में फुटबॉल खेलने के लिए उस टीम को भेजा जाएगा। चंकी ने तुरंत जाकर अपना नाम दे दिया। जैसे ही चंकी ने अपना नाम दिया, उसके मन में खयाली पुलाव बनने शुरू हो

गए कि 'ऐसा बॉल आया तो उसे ऐसा मारूँगा..., उस बॉल को वैसा मारूँगा...।

उसकी यह हालत उसके मित्र देख रहे थे। उसका एक मित्र काफी समझदार था। उस मित्र ने कहा,

'चंकी, तुम जो खयाली पुलाव पका रहे हो, वह बंद करो। ये जरूर सोचो कि कौन से बॉल को कैसे मारना चाहिए लेकिन इतना सोचता रहेगा, अपने विचारों की कलाबाजियाँ इतना बढ़ाता रहेगा तो वह बॉल तेरे पास कभी आएगा ही नहीं इसलिए अपने आपको कहना कि 'पहले बॉल तो मेरे पास आने दो, फिर सोचेंगे कैसे गेंद को मारना है।'

उसे अपने मित्र की बात समझ में नहीं आई। जिस दिन टीम का चुनाव था, उस दिन चंकी चुनाव के लिए गया। सबने खेलकर दिखाया। पूरी टीम सिलेक्ट हुई लेकिन चंकी का नाम आया ही नहीं। चंकी का नाम सबसे आखिरी नंबर पर था। चंकी नाराज हुआ। अब उसके अंदर निराशा की ही बातें चल रही थीं। उसके मित्र ने कहा,

'देखो! मेरी बात मानी होती, अंदर के खयाली पुलाव पकाने बंद किए होते तो तुम प्रैक्टिस कर पाते थे और तुम्हारा नाम पक्का आता था।'

मित्र फिर से बोला, 'चलो, कोई बात नहीं, अभी मेरे साथ प्रैक्टिस करो।' फिर चंकी ने मित्र के साथ प्रैक्टिस करनी शुरू की। दो दिन लगातार प्रैक्टिस हुई। चंकी ने बहुत अच्छा खेलना शुरू किया।

मित्र ने उसकी प्रैक्टिस को देखा और सोचा, 'अरे, चंकी तो कितना अच्छा खेलता है।'

उसने चंकी को पास बुलाया और उससे कहा, 'चंकी, तुम्हारे लिए यह गुड न्यूज है कि हमारे टीम का एक खिलाड़ी किसी कारण टीम में नहीं आ पा रहा है। उसकी जगह पर हम किसी और को लेनेवाले हैं। तीन नाम मेरे सामने हैं, जिसमें तुम्हारा भी नाम शामिल है। कल ग्यारह बजे ग्राऊंड पर आ जाना।'

ग्यारह बजे तैयार होकर चंकी ग्राऊंड पर पहुँचा। उसके अलावा और दो खिलाड़ी वहाँ चुनाव के लिए आए थे। उनके कोच उन तीनों में से किसी एक को चुननेवाले थे। उन्होंने फिर से उन तीनों की टेस्ट ली। चंकी ने अच्छा प्रदर्शन किया।

'हम चंकी को सिलेक्ट करते हैं। किसी कारण हम उसे ले नहीं पाए थे', कोच ने कहा। चंकी खुश हो गया।

फिर उन्होंने कहा, 'किसी कारण अगर कोई जख्मी होगा तो उसकी जगह पर हमने रमेश को और तीसरे नंबर पर राजू को भी लिया है।'

खुश होकर वह ग्राउंड के बाजू में जाकर बैठा। अब उसके सामने भरा हुआ ग्राउंड दिख रहा था, जिसमें कई लोग स्टेडियम में बैठकर हल्ला-गुल्ला मचा रहे थे। चंकी उसमें अपने आपको देख रहा था कि वह किस तरह बॉल पर लात मार रहा है...किस तरह से लोग तालियाँ बजा रहे हैं...।

वह देख रहा था कि कोई उसका बॉल पास कर (उछाल) रहा है और वह किक मार रहा है। गोल हो रहे हैं और लोग उसके नाम से तालियाँ बजा रहे हैं। चंकी सीन देख रहा था कि मैच खत्म हुई और उसके हाथ में ट्राफी है। चंकी के चेहरे से साफ दिखाई दे रहा था कि चंकी कहीं और खयालों की दुनिया में खो गया है। उसका स्वसंवाद अंदर से जोर से चल रहा था। फिर उसने देखा कि उसके हाथ में एक बड़ा चाँदी का कप है। कोई उसे बुला रहा है और बाकी लोग उसे अवॉर्ड में मिला हुआ कप लेने के लिए उसके हाथ खींच रहे हैं। उस सपने के बीच कुछ लोग चंकी को हिला रहे थे। चंकी को लग रहा था, उसके हाथ में कप है और कोई दूसरा उसे हिला रहा है। चंकी ने जोर से बाजूवाले को धक्का दिया।

उसने कल्पना में जिन्हें धक्का दिया वे स्वयं कोच थे। वे जोर से नीचे गिर गए। चंकी को पता भी नहीं था कि उसने कोच को धक्का दिया है। अभी भी वह सपने में ही था। कोच गुस्से से निकल गए और चंकी का नाम उस लिस्ट में से निकाल दिया। चंकी फिर भी अपने खयाली पुलाव बनाने में अटका हुआ था तभी उसका मित्र भागते हुए उसके पास आया। उसने चंकी को जोर से हिलाकर पूछा, 'अरे चंकी, तुमने कोच को धक्का क्यों मारा? उन्होंने तुम्हारा नाम लिस्ट में से हटा दिया।' यह बात सुनकर चंकी की आँखें खुल गईं।

उसके मित्र ने उसे सुझाव दिया कि जीवनभर के लिए एक वाक्य याद रख, 'जब भी कोई घटना हो तब कहना कि **पहले बॉल तो सामने आने दो, फिर मैं मारूँगा**'। पहलें ही खयाली पुलाव मत बनाना यानी कलाबाजियाँ मत खाना।'

हमें भी यही करना है। जब भी कोई अच्छी घटना हो या चिंता महसूस हो,

जैसे कि मुझे ट्रेन मिलती है या नहीं मिलती? घर से निकलने के बाद हम सोचते हैं कि बस मिलेगी या नहीं मिलेगी? किसी होटल में गए तो वहाँ अच्छा खाना मिलेगा या नहीं मिलेगा?

ऐसे हाँ या ना, होगा या नहीं होगा के सवाल मन में आएँ तो अपने आपसे कहना, 'वह घटना तो होने दो, **बॉल तो सामने आने दो, फिर देखते हैं**', उसे कैसे मारते हैं यानी उस घटना में कैसा प्रतिसाद देते हैं। हम पहले ही विचारों की कलाबाजी में अटक जाते हैं। जो भी प्रिकॉशन, जानकारी, खबरदारी लेनी है, वह जरूर लेंगे।

बस छूट गई तो क्या कर सकते हैं, यह सोचकर रखना लेकिन उससे ज्यादा विचार चलने लगे, स्वकुसंवाद शुरू होने लगे तो यह स्वसंवाद करना, '**बॉल तो सामने आने दो, फिर सोचते हैं कि कैसे मारना है।**' घर से निकले और बस छूट गई तो कहना, 'यह बस नहीं तो और भी बसें हैं, बस स्टॉप पर जाकर सोचते हैं।' जब भी घर से निकलने के बाद लगे कि आज बॉस गाली देगा, ऐसा करेगा, वैसा करेगा तो अपने आपसे कहें, 'बॉल तो सामने आने दो, फिर देखते हैं, कैसे मारना है।' बॉल को पास करना है या गोल करना है, यह अभी नहीं सोचें। उन खोखले खयालों में न अटकें। जो खबरदारी लेनी है, वह लेकर रखें लेकिन ज्यादा विचार चलने शुरू हुए यानी स्वकुसंवाद शुरू हुआ तो अपने आपसे कहें, '**पहले बॉल तो सामने आने दो, फिर देखते हैं।**'

'मैं ईश्वर की रचना का अंश हूँ इसलिए मैं रचनात्मक और सृजनात्मक गतिविधियों में भाग लेता हूँ।'

भाग तीन

स्वसंवाद संदेश
यह भी बदल जाएगा

अपने आपको बुरे कर्म से बचाना ठीक है,

अपने कर्म को अच्छे कार्य में लगाना अच्छा है,

सुकर्म को अकर्ता होकर समर्पण करना उत्तम है।

एक गाँव में रमेशभाई नामक व्यापारी रहता था। जीवन में उसने बहुत कष्ट किए और बहुत कुछ कमाया। बहुत सारी चीजें जमा कर लीं और जीवन जीने का ज्ञान भी प्राप्त किया था। जब भी समय मिलता था तब अपने बच्चों को वह कई सारी बातें बताना चाहता था। कभी उसके बेटे उसकी बातें सुनते थे तो कभी नहीं सुनते थे। जब उम्र होने लगी तब रमेशभाई ने अपने दोनों बेटों को कुछ बताने का निर्णय लिया। बड़े बेटे का नाम सुमेश और छोटे बेटे का नाम दीपक था।

एक दिन सुमेश और दीपक इन दोनों को रमेशभाई ने बुलाया और कहा कि

'मेरी उम्र बढ़ने लगी है, अब मेरे जीवन का कोई भरोसा नहीं है। मेरे जीते जी मैं अपनी जायदाद का संपूर्ण बँटवारा करना चाहता हूँ।'

फिर उसने अपनी जायदाद के दो हिस्से

किए। वे दोनों हिस्से एक समान थे। एक हिस्सा बड़े बेटे सुमेश को दे दिया और दूसरा हिस्सा छोटे बेटे दीपक को दे दिया और दोनों को कहा,

'अपना-अपना हिस्सा लेकर आपको अपना जीवन व्यतीत करना है। इसके आगे आपको अपने ऊपर निर्भर रहना है।' दोनों बेटों ने अपने पिताजी की आज्ञा मानी और मिले हुए हिस्सों के साथ काम करना शुरू किया।

इसके बाद कुछ ही दिनों में रमेशभाई की मृत्यु हो गई। पिता की मृत्यु की खबर सुनते ही दोनों लड़के भागते हुए आ गए। दोनों को बहुत दुःख हुआ। दोनों ने मिलकर अपने पिता के शरीर के अंतिम क्रिया का प्रबंध किया। अंतिम संस्कार के सभी कर्मकाण्ड करने के उपरांत सुमेश और दीपक वापस घर लौट गए। उनके पिता जहाँ सोया करते थे उस बिस्तर को वे दोनों मिलकर साफ कर रहे थे। बिस्तर को साफ करते-करते गद्दे के नीचे उन्हें एक छोटा सा लकड़ी का बक्सा दिखाई दिया। दोनों ने मिलकर वह लकड़ी का बक्सा खोला। उसके अंदर उन्हें दो अँगूठियाँ दिखाई दीं। वे अँगूठियाँ देखकर दोनों को आश्चर्य हुआ। एक अँगूठी सोने की और दूसरी अँगूठी चाँदी की थी। चाँदी की अँगूठी मामूली थी। दूसरी जो सोने की अँगूठी थी, उसके अंदर एक मूल्यवान हीरा लगा हुआ था। बड़े बेटे सुमेश ने अपने छोटे भाई दीपक से कहा, 'यह पिताजी की आखिरी निशानी है।' दीपक ने 'हाँ' में सिर हिलाया।

'यह हीरा दो में बाँटना सही नहीं होगा।' फिर सुमेश ने आगे कहा, 'अँगूठी और हीरा दो में कैसे बाँटें? तो ऐसा करते हैं, एक अँगूठी तू रख और एक मैं रखता हूँ।'

दीपक ने तुरंत 'हाँ' कहा।

'तू चाँदी की अँगूठी रख, मैं सोने की अँगूठी रखता हूँ।' सुमेश ने फैसला सुनाया। दीपक ने सोचा यह समय वाद-विवाद करने का नहीं है, जो भी मिल रहा है उसके लिए हाँ कर लेते हैं।

बड़ा भाई सुमेश सोने की अँगूठी, जिसमें हीरा जड़ा हुआ था, लेकर चला गया। दीपक ने चाँदी की अँगूठी अपने पास रख ली। कई दिन तक दीपक यह सोचता रहा कि

'मेरे पिताजी इतने ज्ञानी और बुद्धिमान थे। सभी जायदाद का उन्होंने बँटवारा कर दिया लेकिन कीमती हीरे की अँगूठी अपने पास क्यों रखी होगी?' इससे ज्यादा आश्चर्य उसे इस बात का हुआ कि कीमती अँगूठी के साथ एक मामूली चाँदी की अँगूठी क्यों रखी होगी?'

उसके सामने वह चाँदी की अँगूठी पड़ी थी, जिसे बार-बार देखकर उसे आश्चर्य हो रहा था। उस अँगूठी के साथ खेलते-खेलते उसके मन में बहुत सारे विचार चल रहे थे कि जरूर इस अँगूठी में कोई राज होगा। अचानक उस अँगूठी का बटन जैसा भाग उसके हाथों से दब गया और अँगूठी खुल गई। उसने देखा तो उसके अंदर एक कागज उसे नजर आया। दीपक ने वह कागज खोला और देखा तो उसके अंदर चार शब्द लिखे हुए थे। वे शब्द पढ़कर उसे लगा कि पिताजी ने सारे जीवन का सार इस पर लिखा है।

उस कागज पर उसके पिताजी ने एक संदेश लिखकर रखा था। वह संदेश था, **'यह भी बदल जाएगा।'**

दीपक ने उस संदेश पर मनन किया तब उसे यह बात पकड़ में आनी शुरू हुई कि

जब भी कोई घटना होती है तब वह सदा वैसे ही नहीं रहती, बदल जाती है। जो परिस्थिति जीवन में आई है, वह बदलने ही वाली है। यह भी बदल जाएगा।

इस संदेश पर चलकर कोई भी घटना अच्छी हो या बुरी हो, दीपक उसमें अटकता नहीं था। उसका स्वसंवाद कभी गलत चलता नहीं था। जैसे ही अंदर गलत स्वसंवाद शुरू हो जाता था, वह कहता था,

'यह भी बदल जाएगा।'

जिससे अपने आप गलत स्वसंवाद रुकता था और वह आगे आनेवाले काम में लग जाता था। इससे उसका वर्तमान तो अच्छा होना शुरू हुआ ही, साथ-साथ उसका भविष्य भी अच्छा होना शुरू हो गया। उसकी जायदाद बढ़ने लगी, कारोबार बढ़ने लगा।

लेकिन उसके बड़े भाई सुमेश के पास तो यह मंत्र नहीं था। उसकी जायदाद, उसका कारोबार दिन-प्रतिदिन घट रहा था। एक दिन दुःखी होकर सुमेश अपने छोटे

भाई के पास गया और उसने उससे कहा,

'पिताजी ने जरूर तुझे ऐसा कुछ दिया है, जो तुमने अपने पास रखा है। मेरे साथ तुमने वह बाँटा नहीं है। जिसके कारण तुम्हारी जायदाद और कारोबार बढ़ रहा है।'

'बड़े भैय्या, मैं माफी चाहता हूँ।' दीपक ने हँसकर कहा, 'जो आपने कहा वैसा ही है। पिताजी ने एक अमूल्य मंत्र मुझे दिया है, जिसकी वजह से मेरा कारोबार बढ़ रहा है, मेरा काम-काज बढ़ रहा है।'

अब सुमेश के अंदर उसका स्वसंवाद जोर से चलने लगा। उसे लगा कि 'पिताजी ने इसे जादू का चिराग तो नहीं दिया ! ऐसी कौन सी बात पिताजी ने दी, जिसकी वजह से उसका काम बढ़ रहा है। यह सच बोल रहा है, मुझे घुमा रहा है या मुझसे कुछ छिपा रहा है?' इस तरह सुमेश का स्वसंवाद अंदर ही अंदर जोर से चल रहा था।

फिर दीपक ने वह कागज सुमेश के सामने रखा। सुमेश ने वह कागज हाथ में लिया। कागज लेते वक्त उसके हाथ काँप रहे थे।

जैसे उसने पढ़ा, **'यह भी बदल जाएगा,'** उसके अंदर यह स्वसंवाद चलने लगा,

'यह तो मुझे घुमा रहा है, ठग रहा है। कोई बेकार कागज मेरे हाथ में थमा रहा है। पिताजी ने मुख्य चीज जो दी है, वह उसने बाजू में रख दी होगी।'

उसने कागज को फेंक दिया और चिल्लाकर बोला,

'तुम झूठ बोल रहे हो, पिताजी ने तुम्हें और कुछ दिया होगा।'

दीपक ने शांति से हाथ जोड़कर कहा, 'बड़े भैय्या, यही तो वह मंत्र है जो पिताजी ने मुझे दिया है।'

लेकिन सुमेश सुनने की परिस्थिति में था ही नहीं। उसके अंदर तो नकारात्मक स्वसंवाद चल रहा था। गुस्से से लाल-पीला होकर वह वहाँ से गाली देते हुए चला गया।

ऐसा ही होता है, हमारे सामने कई सारे ज्ञानभरे संदेश आते हैं पर हम उन्हें

समझने से पहले ही अपने नकारात्मक स्वसंवाद के कारण ठुकरा देते हैं। आज के बाद यह अँगूठी का संदेश हमें याद रखना है, यह छोटा मंत्र याद रखना है। जीवन में कोई भी अच्छी या बुरी घटना हो तो यह वाक्य स्वसंवाद के रूप में खुद से कहें **'यह भी बदल जाएगा।'** यह वाक्य आपके लिए स्वसंवाद का जादू बनेगा। जैसे ही यह स्वसंवाद शुरू होगा, वैसे ही नकारात्मक स्वसंवाद बंद होगा। जीवन के हर उतार-चढ़ाव में यह स्वसंवाद संदेश आपके काम में आएगा।

भाग चार

सही स्वसंवाद से घटना की सही कीमत लगाएँ

मैचबॉक्स वैल्यू

यदि आप भूत, भविष्य में नहीं अटकते तो यह ठीक है,

यदि आप सदा वर्तमान में रहते हैं तो यह अच्छा है,

यदि आप समय+आदि (समाधि) में जीते हैं तो यह उत्तम है।

यह चार साल पहले की बात है। राजेश नामक कोई नव युवक मिलने आया था। आते वक्त उसका चेहरा प्रसन्न था।

'बोलो, राजेश कैसे मिलने आए हो?' जैसे ही उनसे यह सवाल पूछा गया तो उसके चेहरे के भाव तकलीफ और दुःख में बदल गए।

'सरश्री, क्या बताऊँ? समस्या छोटी है या बड़ी, यह मुझे नहीं समझता लेकिन मेरे मन में बहुत सारे विचार उठ रहे हैं। कुछ ऐसी घटना मेरे साथ हुई है, जो मेरे मन से निकलती ही नहीं। अब मुझे बताइए, मैं क्या करूँ?'

'पहले अपनी समस्या शब्दों में बताओ क्योंकि सही ढंग से समस्या को शब्दों में लाने की वजह से भी समस्या सुलझने लगती है, तनाव कम होने लगता है।' उसकी ऐसी निराशामय अवस्था देखकर मैंने उससे कहा।

'दो महीने पहले की बात है।' राजेश ने बताना शुरू किया, 'मैं अपने ऑफिस की पार्टी में गया था। वहाँ सभी मेरे ऑफिस के लोग शामिल थे। वह शाम का समय था। पार्टी जोश में चल रही थी। सब एक-दूसरे की तरफ देखकर हँसी-खुशी का उत्सव मना रहे थे।' राजेश ने बताना जारी रखा, 'उसी समय अपने हाथ में रखी प्लेट से खाना खाते-खाते मैं एक जगह से दूसरी जगह चल रहा था तो मेरा पैर फिसल गया। वैसे मुझे कुछ नहीं हुआ लेकिन मेरे हाथ में जो खाने की प्लेट थी, वह मेरे कपड़ों पर गिर गई और मैं सामने रखी हुई जूठी प्लेटों के ढेर पर गिर पड़ा। मेरा बहुत कीमती सूट खराब हो गया।'

ये सब बताते समय राजेश के चेहरे पर तकलीफ के साथ-साथ आँखों में थोड़ा क्रोध भी दिखाई दे रहा था। राजेश आगे बोलता रहा, 'मैंने अपने आपको सँभालते हुए उठने की कोशिश की तो उठते-उठते मेरा पाँव फिर से फिसल गया और दूसरी बार वापस मैं बगीचे की घास पर गिर गया। गिरने के बाद बाजू में खड़ी सभी लड़कियाँ मुझ पर पेट पकड़कर जोर से हँसने लगीं। उन्हें हँसते हुए देखकर बाकी लोग भी हँसने लगे। इतने में एक वेटर आया और उसने हाथ देकर मुझे उठाया। मैं बाहर आया तो कंपनी के कुछ लड़के-लड़कियाँ मुझ पर 'अरे, गिर गया, कैसे गिरा?' ऐसा कहकर हँसने लगे। किसी ने जोर से कहा, 'अपने आपको सँभाल नहीं सकते तो इतना पीने की क्या आवश्यकता थी?' किसी ने यह व्यंग किया, 'मुफ्त में मिलता है इसलिए इतना नहीं पीना चाहिए।' इस प्रकार ताने मारकर सब लोग जोर से हँसने लगे।

बोलते समय राजेश की आँखों से पानी बह रहा था। साथ में अब उसके शब्दों में गुस्सा भी था।

'सरश्री, मैं शराब नहीं पीता और उस दिन भी मैंने शराब नहीं पी थी। मेरी जगह और कोई होता तो वह भी फर्श की फिसलन की वजह से गिर सकता था। उस दिन सभी ने मेरा बहुत मजाक उड़ाया। उस घटना के बाद कई दिन तक लोग ऑफिस में मुझे ताने मारते थे कि 'क्या मुफ्त में मिला तो इतना पीना चाहिए?' मैं उन्हें बता रहा था कि 'मैंने शराब नहीं पी थी।' फिर भी कोई मानने को तैयार नहीं था। सरश्री, अभी भी मेरे मन से ये विचार नहीं हटते। बार-बार यही विचार चलते रहते हैं कि उन्होंने मुझे कैसा अपमानित किया और नीचे देखने के लिए मजबूर किया। आप ही कुछ बताइए, ऐसे समय में क्या करना चाहिए?'

स्वसंवाद का जादू ✶ 70

हाथ जोड़कर राजेश बिनती कर रहा था। कुछ समय मौन का वातावरण बना रहा ताकि राजेश थोड़ा शांत हो पाए।

'राजेश, अगर मैंने तुम से कहा कि यहाँ से बाहर बहुत सारी दुकानें हैं, वहाँ जाओ तो दुकानों में जाकर क्या तुम कोई भी चीज खरीद सकते हो?'

'हाँ, हाँ, मैं खरीद सकता हूँ', बहुत सहजता से उसने कहा।

'दुकान में जाकर एक माचिस लेकर आओ या यह समझो कि तुम माचिस लेने गए हो। जिस दुकान में तुम गए हो, उस दुकान के मालिक ने माचिस की कीमत २ रुपए बताई और बाजू की दुकान में वही माचिस पचास पैसे में मिलती है तो क्या तुम २ रुपए की माचिस ले सकते हो?'

'नहीं, मैं नहीं लूँगा।'

'क्यों नहीं लोगे?' मैंने पूछा।

'वह जरूरत से ज्यादा महँगी है और बाजू में सही दाम पर मिल रही है। मेरे पास समय भी है, जल्दी है नहीं।' बात करते समय उसके भाव इस प्रकार थे कि कितनी साधारण सी बात पूछ रहे हैं।

'चलो, उस दुकानदार ने आपको कहा कि २ रुपए नहीं डेढ़ रुपए में ले लो तो क्या तुम लोगे?'

'नहीं, क्यों लूँ?' राजेश की बातों में जल्दबाजी थी। उसने तुरंत कहा, 'कीमत से ज्यादा पैसे मैं उसे क्यों दूँ, जितनी माचिस की कीमत है, उतनी ही देनी चाहिए।' मेरी हँसी सुनकर राजेश चौंक पड़ा और बोला,

'सरश्री, मैं समझा नहीं।'

'देखो राजेश, एक माचिस के लिए तुम कीमत से ज्यादा पैसे देने को तैयार नहीं हो क्योंकि उसकी जितनी कीमत है उतनी ही कीमत तुम देना चाहते हो। वैसे ही जीवन में कितनी सारी घटनाएँ हो चुकी हैं और हो रही हैं, उन्हें कितनी कीमत देनी चाहिए और हम कितनी कीमत दे रहे हैं?'

ये सब सुनकर राजेश की आँखें बड़ी हो गईं, उसका मुँह खुल गया। उसी खुले मुँह से वह मुझे देख रहा था।

'देखो राजेश, किसी ने तुम्हें ताने मारे या अगर ऐसी ही कोई घटना हुई तो यह सोचो कि उस घटना को तुम कितनी कीमत देनेवाले हो? कीमत का अर्थ, उस घटना पर कितनी देर दुःख मनानेवाले हो? कितने दिन तक सोचनेवाले हो? पहले यह पक्का करो कि उस घटना की कीमत कितनी है? एक दिन, दो दिन, आठ दिन, एक साल, पचास साल? तुम कितने दिन की कीमत उस घटना को देनेवाले हो? जितनी कीमत निर्धारित करो, उतना ही सोचना। जिस तरह एक माचिस के लिए जरूरत से ज्यादा पैसे देने को तुम तैयार नहीं हो, उसी तरह उस घटना को भी ज्यादा वैल्यू मत देना। तुम्हें लगता है कि उस घटना की कीमत दो दिन दुःखी रहना है तो दो दिन दुःखी रहो, रोते रहो। उसके बाद एक क्षण भी रोने में गँवाना नहीं। माचिस की तरह ही उस घटना की वैल्यू हमें निर्धारित करनी चाहिए। यदि उस घटना की 'दो दिन दुःखी रहना' कीमत है तो उतनी ही वैल्यू देना। अगर डेढ़ दिन में दुःख समाप्त होता है तो ठीक है लेकिन दो दिन से ज्यादा दुःखी हमें नहीं रहना है। ऑफिस की लड़कियों के बारे में, लोगों के बारे में और जो घटना हो गई उसके बारे में जो स्वसंवाद तुम्हारे अंदर चल रहा है, वह कितने दिन तक चलना चाहिए? कब तक उस गलत स्वसंवाद को चलाओगे, कब तक दुःख मनाओगे?'

राजेश कुछ क्षण सोचता रहा और उसकी आँखों में समझदारी की चमक दिखाई दी।

'अभी एक क्षण भी मैं उस घटना के बारे में नहीं सोचूँगा क्योंकि पहले ही इस घटना को मैंने बहुत ज्यादा कीमत दी है।' निश्चय भरे स्वर में उसने कहा, 'सरश्री, मैं समझ गया कि एक दिन के ऊपर भी उस घटना को वैल्यू नहीं देनी चाहिए थी और मैं पागल उसके बारे में कितना सोच रहा था। मैं अपने आपको बिजनेसमैन समझता हूँ, व्यावहारिक समझता हूँ और मैं ऐसा नासमझ विचार, व्यापार कर रहा था।'

उसके बाद राजेश ने किसी भी घटना को कितनी कीमत देनी चाहिए, इस पर मन ही मन में मनन किया और आगे समझदारी भरा व्यापार करने लगा। जिस चीज की जितनी कीमत है, उतनी कीमत वह देने लगा।

हमारे जीवन में भी कई सारी घटनाएँ घटती हैं। हमसे गलतियाँ भी होती होंगी। विश्व में ऐसा कौन है, जिससे गलती नहीं होती? अच्छे-अच्छे लोगों से भी गलती होती है। गलती होने के कारण हमारे अंदर स्वसंवाद शुरू होने लगते हैं।

इसके कारण हम कभी खुद को तो कभी सामनेवाले को कोसते रहते हैं। इस वजह से हमारा मानसिक संतुलन बिगड़ने लगता है, क्रोध और ग्लानि से मन तड़पने लगता है। इसलिए बीती हुई घटना जो आपको हमेशा परेशान कर रही है, उसके बारे में अपने आपसे पूछें, 'जो भी घटना हुई है, उसकी कीमत कितनी है?'

माचिस (घटना) की जितनी कीमत है, उतनी ही कीमत हमें उस घटना को देनी चाहिए। '**मैचबॉक्स वैल्यू**' यह शब्द हमेशा याद रखें। जब भी कोई घटना हो तो कहें, 'इसकी **मैचबॉक्स वैल्यू** कितनी है? कितने दिन दुःख मनाना है? नकारात्मक घटनाओं में कितने दिन रोना है?'

वैसे ही कोई अच्छी घटना हुई, जैसे कि कोई अवॉर्ड मिला, किसी ने आपकी तारीफ की तो आपको बहुत अच्छा लगता है। यह अच्छी बात है लेकिन हम भावना में बह जाते हैं और यही झूठी खुशी हमारे विकास में बाधा बनती है। उस वक्त भी अपने आपसे कहें,

'घटना तो अच्छी हुई है लेकिन कब तक मैं झूठी खुशी मनाऊँ? दो दिन, एक दिन, आठ दिन या एक साल?' वैसे झूठी खुशी कुछ समय उपरांत अपने आप खत्म हो जाती है। जितनी चाहे उतनी खुशी जरूर मनाना लेकिन उसके बाद काम पर लगना। उस स्वसंवाद को उधर ही रोकना।

कई बार लोग छोटी कामयाबी हासिल करते हैं और जीवनभर उसी कामयाबी का ढिंढोरा पीटते रहते हैं और अपना अहंकार बढ़ाते रहते हैं। कामयाबी पर खुश होना, दूसरों को बताना अच्छी बात है। आपने अच्छा काम किया, उसकी खुशी भी होनी चाहिए मगर आगे के काम करने हों तो इस बात का अहंकारयुक्त स्वसंवाद रुकना भी चाहिए। उस स्वसंवाद को रोकना है तो उसकी **मैचबॉक्स वैल्यू** डिसाईड करें। किसी भी घटना की जितनी कीमत है, उतनी ही कीमत उसे दें, उसके ऊपर एक क्षण भी ज्यादा नहीं। इससे आप वर्तमान परिस्थिति के नजदीक आएँगे और कल के लिए नया काम करना शुरू करेंगे। मैचबॉक्स वैल्यू निर्धारित करने के साथ ही आप भूत और भविष्य से निकलकर वर्तमान में आ जाएँगे। जो आपका उद्देश्य है, आप वहाँ जाना शुरू करेंगे वरना कई लोग भूतकाल और भविष्यकाल के स्वसंवाद में डोलते रहते हैं। इससे बाहर आने के लिए आपको **मैचबॉक्स वैल्यू** का उपयोग जरूर करना चाहिए, अपना रिमोट कंट्रोल अपने हाथ में रखना चाहिए।

जब आप अपने
दुःख के जिम्मेदार बनते हैं
तब आप दूसरों की
शिकायत करना
बंद करते हैं।
जब आप अपने आपको
दुःखी होने दे सकते हैं
तब आप अपने आपको
आनंदित होने
भी दे सकते हैं।
इस तरह एक नई समझ का जन्म
होगा।

जीवन के विविध क्षेत्रों में स्वसंवाद का जादू कैसे काम करे

स्वसंवाद द्वारा जब आपके विचारों को दिशा मिलेगी तब आप यह अनुभव कर पाएँगे कि आपका आनंद कहीं खोया नहीं है, वह सदा आपके साथ चल रहा है।

भाग एक

स्वसंवाद और संपूर्ण स्वास्थ्य

स्वसंवाद द्वारा रोग निवारण

शरीर का स्वस्थ रहना ठीक है,
मन का स्वस्थ रहना अच्छा है,
सेल्फ का स्व में स्थित रहना उत्तम है।

हमारे स्वसंवाद से शरीर और मन पर प्रभाव पड़ता है, यह सब नहीं जानते इसलिए वे अपने भीतर नकारात्मक स्वसंवाद अनजाने में करते रहते हैं। जो संवाद बार-बार दोहराए जाते हैं वे विश्वास में बदल जाते हैं। यह विश्वास हमें नकारात्मक परिणाम देता है। अगर कोई हर रोज 'मैं स्वस्थ हूँ, मैं स्वास्थ्य हूँ' कई बार दोहराते रहे तो उसके अचेतन मन को यह विश्वास हो जाएगा। जब अचेतन मन कोई बात मान लेता है तब उसका परिणाम हमें अपने जीवन में दिखाई देता है। अचेतन मन के इस गुण को जानकर आप स्वास्थ्य, प्रेम, धन, आनंद और संतुष्टि प्राप्त कर सकते हैं। अचेतन मन अपने पुराने वैचारिक ढाँचे अनुसार कार्य करता है। वह यह काम तब तक करते रहेगा जब तक हम उसे नया वैचारिक ढाँचा नहीं देते। आज ही अपना नया वैचारिक ढाँचा तैयार करें जिसमें प्यार, स्वास्थ्य, समय

और आनंद भरपूर हो। इस नए सकारात्मक वैचारिक ढाँचे (पैटर्न) को तब तक हर दिन (कम से कम सौ बार) दोहराते रहें जब तक आपका अचेतन मन वह बात मान नहीं लेता। अचेतन मन को कोई बात मनवाने का राज है 'पुनरावृत्ति (रिपीटेशन, दोहराना)' यह पुनरावृत्ति पुरानी प्रोग्रामिंग को नष्ट करती है। नया, तेज, ताजा बनने के लिए इस सूत्र का भरपूर लाभ लें। सकारात्मक शब्दों का चयन करें, उन्हें बार-बार सहजता और प्रेम से दोहराएँ। कुछ पंक्तियों को कंठस्थ (याद) कर लें ताकि वे बिना चेतन मन को सजग किए अचेतन मन में जा सकें। यह स्वसंवाद अपने शरीर को रिलैक्स करके, कुर्सी पर बैठकर या लेटकर, लय-ताल में दे सकते हैं। जब शरीर आराम में होता है तब स्वसंवाद का असर दस गुना बढ़ जाता है। यदि संभव हो तो अपने नए वैचारिक स्वसंवाद को कविता का रूप दें। इस कविता को जब भी समय मिले गुनगुनाएँ। अचेतन मन तक पहुँचने के लिए संगीत और ताल अचूक रास्ते हैं।

जब शरीर बीमार रहता है तब मन नकारात्मक स्वसंवाद करता है, छोटी-छोटी बातों पर चिड़-चिड़ करता है, जल्दी परेशान हो जाता है। ये नकारात्मक संवाद शरीर को स्वस्थ होने में रुकावट डालते हैं। शरीर खुद-ब-खुद अपने आपको ठीक करने का ज्ञान रखता है बशर्ते उसके काम में बाधा न डाली जाए। नकारात्मक संवाद निरोग जीवन में बाधा है।

जैसे शरीर के अनेक रोग होते हैं वैसे ही क्रोध, अहंकार, भय, चिंता, नफरत, द्वेष, लालच, मन के रोग हैं। ईर्ष्या, क्रोध, भय, चिंता, तनाव, द्वेष आदि से पीड़ित मनुष्य द्वारा खाए हुए भोजन का पाचन ठीक से नहीं होता। ऐसा कोई भी मानसिक विकार जिन्हें हम दूसरों से छिपाना चाहते हैं, हमें हानि पहुँचाते हैं। अहंकार घुटनों की तकलीफें तथा कपट गले और फेफड़ों के रोग उत्पन्न करता है। अपने जिद पर अड़े रहने की आदत से इंसान में पेट के रोग उत्पन्न होते हैं। अपनी बात को पकड़े रहने की गलती से इंसान अपने अंदर के कचरे को भी बाहर जाने नहीं देता। अपने आपको स्वीकार और सुरक्षित करते ही अनेक रोग खत्म हो जाते हैं इसलिए हर दिन यह स्वसंवाद दोहराएँ 'मैं अपने आपको, जैसा भी हूँ, स्वीकार करता हूँ।'

जिन विचारों (स्वसंवादों) के प्रकट होने से इंसान के आत्मसम्मान को आघात पहुँचने की संभावना रहती है उन विचारों को छिपाकर रखने से शरीर के अंग रोग ग्रस्त और कमजोर बनते हैं। ये स्वसंवाद रोगों को बढ़ाने के लिए प्रभावी

भूमिका निभाते हैं। ज्यादा क्रोध और चिड़चिड़ापन लिवर और गालब्लेडर को हानि पहुँचाते हैं। भय गुर्दे और मूत्राशय को हानि पहुँचाता है। तनाव और चिंता पैनक्रियाज को हानि पहुँचाते हैं। अधीरता और क्षणिक आवेश से हृदय और छोटी आँत (इन्टेस्टाईन) को हानि पहुँचती है तथा दुःख दबाने से फेफड़ों और बड़ी आँत की कार्य क्षमता कम होती है।

मन के गलत स्वसंवाद से परेशान लोगों में यह देखा गया है कि उन्हें किसी को कुछ देने की इच्छा नहीं होती है। उनकी इस कंजूसी की आदत से उनकी आँतें मल विसर्जन करने में, त्वचा पसीना बाहर निकालने में, फेफड़े पूरी साँस छोड़ने में तकलीफ देते हैं।

हम अशुभ विचारों से नहीं, शुभ विचारों से अपनी सेहत का काफी खयाल रख सकते हैं। तनाव का कारण समय पर ढूँढ़कर स्वीकार करना चाहिए क्योंकि समय का नियंत्रण तो हमारे ही पास वर्तमान में है। इस पर दूसरों से अपेक्षा नहीं रखनी चाहिए। अपमान होने पर भी मन को छोटा नहीं करना चाहिए। बचपन में हुए अपमान और दुर्घटनाओं की वजह से इंसान सिकुड़कर जीता है। जिस वजह से उसके शरीर का विकास ठीक ढंग से नहीं हो पाता। वह जिम्मेदारी लेने से डरता है। उसे कंधों और पैरों में तकलीफ होने की संभावना होती है क्योंकि पैर हमें आगे बढ़ाते हैं और कंधे जिम्मेदारी उठाते हैं। यदि आपके साथ बचपन में ऐसी बातें हुई हैं तो यह स्वसंवाद करें, 'अब मैं आगे बढ़ने के लिए तैयार हूँ क्योंकि मुझे दिव्य योजना पर पूरा भरोसा है। मैं अब नई जिम्मेदारी ले सकता हूँ जिसका साहस कुदरत मुझे प्रदान कर रही है। मैं सुरक्षित हूँ और समृद्ध बन रहा हूँ।'

नकारात्मक स्वसंवाद बीमारियों को आमंत्रण देते हैं इसलिए ऐसी कई बीमारियों के लक्षण प्रकट होते हैं जो शरीर को भुगतने पड़ते हैंइसलिए नकारात्मक स्वसंवाद न दोहराते हुए सकारात्मक स्वसंवाद दोहराएँ। स्वसंवादों द्वारा उत्पन्न बीमारियों से बचने के लिए सकारात्मक स्वंसवादों की शक्ति आजमाएँ और अपने स्वसंवादों को इस पुस्तक में दिए गए मार्गदर्शन अनुसार दिशा दें। सकारात्मक स्वसंवाद और आत्मसूचनाओं द्वारा योग्य आरोग्य प्राप्त करें:

बीमारियों का इलाज तो होता ही रहेगा परंतु साथ में सकारात्मक स्वसंवाद दोहराना भी आवश्यक है। किसी स्वसंवाद को बार-बार मन में या जोर से दोहराने

को आत्मसूचना (सेल्फ रिपोर्टिंग) कहा गया है।

रोग के इलाज के साथ मन की ताकत को दवा का रूप देने के लिए ये स्वसंवाद विश्वास व प्रेम से दोहराएँ – 'मैंने स्वसंवाद का जादू जान लिया है इसलिए अब मैं ठीक हो रहा/ रही हूँ, मैं प्रवीण (परफेक्ट) हो रहा/ रही हूँ, मेरी जो भी तकलीफ है जल्दी ठीक होने लगी है। मेरे जीवन में दिव्य योजना अनुसार सब अच्छा और सही घट रहा है।'

इसके साथ आप यह भी स्वसंवाद दोहरा सकते हैं "In every minute, in every way my MSY (Body) is getting better and better" 'हर क्षण और हर दिन मेरा शरीर हर तरीके से ठीक होता जा रहा है।' उसके साथ और एक स्वसंवाद दोहरा सकते हैं "I am Gods property no disease can harm (touch) me" 'मैं ईश्वर की दौलत हूँ, कोई बीमारी मुझे नुकसान नहीं पहुँचा सकती।'

सकारात्मक स्वसंवाद की शक्ति इस्तेमाल करने के साथ-साथ बीमारियों के कारण जानने की भी कोशिश करें। यह देखें कि क्या यह रोग आपके मामले में किस कारण से (आपके खान-पान की आदत, सोने तथा व्यायाम न करने की गलत आदत की वजह से) हुआ है? यदि आप में गलत आदतें नहीं हैं तो शांत भाव से अपने साथ यह स्वसंवाद करें कि 'मेरे अंदर कौन से स्वसंवाद चल रहे हैं जिन्होंने यह बीमारी पैदा की है।' जब हमारे रोग का कोई शारीरिक कारण नहीं है तब हमारे स्वसंवाद ही दोषी होते हैं। नीचे लिखे गए स्वसंवादों द्वारा अपने उन गलत विचारों को, जिनसे रोग ठीक नहीं हो रहा है, समाप्त करें –

'जिस गलत विश्वास ने यह स्थिति.......... (बीमारी) उत्पन्न की है, मैं अब अपने चेतन मन के उस विचार प्रवाह (गलत विश्वास, मान्यता) को छोड़ने को तैयार हूँ। अब मैं आज़ाद हूँ, मुक्त हूँ। I am free, I am freedom, मैं मुक्ति हूँ, मुक्त हूँ। मैं खुश हूँ, खुशी हूँ।'

यह शुभ इच्छा (नए वैचारिक पैटर्न) को बार-बार दोहराएँ। अंत में रोग मुक्ति की घोषणा एक बार फिर से करें, 'अब मैं आज़ाद हूँ, मुक्त हूँ। I am free, I am freedom, मैं मुक्ति हूँ, मुक्त हूँ। मैं खुश हूँ, खुशी हूँ।' बार-बार, हर दिन जब भी याद आए ये स्वसंवाद दोहराएँ।

यह कल्पना करें कि आप ठीक होने की प्रक्रिया से गुजर रहे हैं। आपके अंदर ठीक होने का अनुभव हो रहा है। जब कभी भी जरूरत महसूस हो तो इन्हीं शब्दों को, शुभ विचारों को, स्वसंवादों को दोहराएँ कि 'मैं अपने नकारात्मक स्वसंवादों से मुक्त हो रहा हूँ और मैं शांत हो गया हूँ। मैं जीवन में विश्वास रखता हूँ, मैं सुरक्षित हूँ। जिस विशेष सकारात्मक वैचारिक पैटर्न से मेरे भीतर यह आनंद पैदा हुआ है, मैं वह महसूस कर रहा हूँ, मैं शांत हूँ, मैं महत्वपूर्ण हूँ, मैं संपूर्ण हूँ, मैं खुद को प्यार और स्वीकार करता हूँ। मैं प्यार करने लायक हूँ। मुझे ताजगी महसूस हो रही है, मैं प्रेमपूर्वक अपने शरीर, दिमाग तथा सभी अंगों की देखभाल करता हूँ। मैं जीवन के आनंद को अभिव्यक्त तथा स्वीकार कर रहा हूँ। मुझे विश्वास है कि मेरे जीवन में हमेशा सही काम हो रहे हैं। मैं चैतन्य हूँ, मैं मजे से जीवन के हर अनुभव के साथ बह रहा हूँ। सब ठीक-ठाक चल रहा है। मैं खुशी-खुशी अपने अतीत को मुक्त करता हूँ और अब मैं चैन से हूँ। मैं अब वर्तमान में जीता हूँ, मेरा जीवन अब आनंद से भरपूर है। प्रसन्नता से भरे हुए विचार मेरे भीतर सहजता से उमड़-घुमड़ रहे हैं।'

ऊपर लिखे गए स्वसंवाद आप अपनी ही आवाज में एक कैसेट (टेप) में रेकॉर्ड कर दें। इस टेप को सुबह, दोपहर अथवा शाम में एक बार रोज शवासन की अवस्था में सुनें। शवासन एक बहुत ही महत्वपूर्ण आसन है। योगासन में विश्राम के लिए सर्वाधिक उपयुक्त आसन शवासन है। इस आसन से शरीर तथा मन को पूर्ण आराम प्राप्त होता है तथा शरीर एवं मन तनावरहित रहता है। शव यानी कोई मृत या निर्जीव शरीर इसलिए इस आसन को शवासन कहा जाता है। इस आसन में अपने पूरे शरीर को फर्श पर कंबल डालकर ढीला छोड़ दें जैसे कोई मृत शरीर पड़ा हो। यह आसन करने का तरीका इस प्रकार है।

१) पीठ के बल लेट जाएँ।

२) दोनों पैरों के बीच १२ से १८ इंच का अंतर रखें। हाथों को भी शरीर से ८ से १२ इंच दूर रखें। शरीर को ढीला रखें।

३) सिर को बायीं या दायीं ओर या फिर सीधा रखें। आँखें बंद होनी चाहिए।

४) शरीर में कल्पना व इच्छा शक्ति के द्वारा शिथिलता पैदा करें। शरीर के हर अंग को शिथिल (रिलैक्स) करना शवासन में बहुत जरूरी है।

५) श्वसन क्रिया को सामान्य रूप से चलने दें। मन को हृदय पर बिना प्रयास

एकाग्र करें।

६) इस आसन को १५ से २० मिनट तक करें। शवासन में निद्रा की अवस्था न आए इसका ध्यान रखें। शरीर को विश्राम देने की कला सीखें।

इस आसन के बहुत लाभ हैं। शवासन से शरीर और मन को शांति प्राप्त होने के कारण रक्त प्रवाह की क्रिया में सुधार आता है। यह आसन हृदय रोगियों के स्वास्थ्य के लिए विशेष लाभकारी है। हृदय रोग, रक्तचाप, शारीरिक और मानसिक तनाव के रोगियों को शवासन का अभ्यास अवश्य करना चाहिए।

ऊपर दी गई तकनीक के अलावा यदि आप चाहें तो नीचे दी गई विधि का इस्तेमाल कर सकते हैं। एक या दो दृढ़ विचार लें और उन्हें प्रतिदिन १० से २० बार डायरी में लिखें और जोर-जोर से पढ़ें। उनमें एक गति तैयार करें और उन्हें खुशी से गुनगुनाएँ, अपने दिमाग को पूरा दिन इन विचारों पर सोचते रहने दें। लगातार इस्तेमाल किए गए दृढ़ विचार हकीकत में बदल जाते हैं। कभी-कभी तो ऐसा नतीजा प्राप्त होता है जिसकी हमने कभी कल्पना भी नहीं की होती।

शरीर और मन को स्वस्थ रखने की विधि आपने जान ली है। इसी विधि का इस्तेमाल आप आध्यात्मिक स्वास्थ्य पाने के लिए भी कर सकते हैं। निरंतर स्व सुसंवाद की शक्ति और आत्मसूचनाओं की शक्ति द्वारा आप सत्य के पथ पर साहस के साथ सारे पैटर्न्स, वृत्तियों, गलत संस्कारों और आदतों को तोड़ते हुए चल सकते हैं। जब आप ऐसा कर पाएँगे तब आपको मिलेगा 'संपूर्ण स्वास्थ्य।'

'मैं पूर्ण हूँ, पूर्ण से हर काम पूर्ण
और समय पर होते हैं।'

भाग दो

अपना रिमोट कंट्रोल कैसे प्राप्त करें
दो बार जीतें

अपने शरीर को नश्वर समझना ठीक है,

अपने शरीर को मित्र समझना अच्छा है,

अपने शरीर को स्वअनुभव और अभिव्यक्ति के लिए माध्यम (निमित्त) समझना उत्तम है।

अगर आपसे पूछा जाए कि जीवन में लक्ष्य होना चाहिए या नहीं होना चाहिए तो सभी कहेंगे, 'हाँ! जीवन में लक्ष्य का होना आवश्यक है।'

अब यह सवाल आता है कि 'क्या वाकई मेरे पास मेरे जीवन का लक्ष्य है? क्या कभी मैंने यह सोचा है कि मेरे जीवन के अंत में क्या हो जाए जिसकी वजह से मुझे ऐसा लगेगा कि मेरा जीवन वाकई सफल रहा? यह मनन करने योग्य सवाल है।

चलो, कुछ देर जीवन के अंत में क्या होगा, इस बात को हम बाजू में रखते हैं। क्या कम से कम हमने यह सोचा है कि आनेवाले छह-आठ महीने में या एक साल में मुझे क्या करना चाहिए, जिसकी वजह से मुझे लगेगा कि मेरा जीवन सफल हुआ है? अगर जीवन में लक्ष्य नहीं होगा तो

जीवन कैसे सफल रहेगा?

जीवन तो सभी को मिला है लेकिन कुछ ही लोग ऐसे होते हैं जो सही लक्ष्य प्राप्त कर पाते हैं।

यदि आपको कहा गया कि 'विश्व से किसी अच्छे गेंदबाज (बॉलर) को बुलाओ और हम कुछ ऐसा काम करें जिस वजह से कुछ ही समय के बाद वह गेंदबाजी करना भूल जाए। गेंदबाजी छोड़कर वह वहाँ से चला जाए। कोई भी अच्छे फिल्डर्स को आप बुलाओ और बैटिंग के लिए आप जाओ, फिर भी वह आपको आऊट नहीं कर पाएगा, उलटा खुद ही आउट हो जाए।'

अब आप पूछेंगे, 'कैसे? यह कैसे संभव है?'

हाँ! यह संभव है इसलिए हम ऐसा करेंगे कि हम उसे बॉलिंग के लिए बुलाएँगे। जब वह आकर गेंदबाजी करना शुरू करेगा तब हम उसके सामने जो तीन स्टम्पस् होते हैं, उन स्टम्पस् को निकालकर बाजू में रख देंगे। जब सामने स्टम्पस् ही नहीं रहेंगे तो वह क्या गेंदबाजी करेगा? कितनी देर गेंदबाजी करेगा? थोड़े ही समय के बाद वह गेंदबाजी करना छोड़कर चला जाएगा।

वैसे ही हमारे जीवन में भी स्टम्पस् का होना आवश्यक है। अच्छे बॉलर को स्टम्पस् दिखाई नहीं देंगे तो वह बॉलिंग कैसे कर पाएगा? इस प्रकार क्या हमारे जीवन में भी हमारे स्टम्पस् हैं यानी क्या हमारे जीवन में हमारा लक्ष्य (एम) है? अगर हम जीवन में लक्ष्य नहीं रखते हैं तो हमारे पास बहुत ऊर्जा और योग्यता होते हुए भी उसका कोई फायदा नहीं होता। ताकत होने के बावजूद भी कोई गेंदबाज स्टम्पस् के बिना गेंदबाजी नहीं कर सकता। गेंदबाजी के लिए उसे स्टम्पस् दिखाई देने की बहुत आवश्यकता होती है। वैसे ही हमारे जीवन में चाहे ताकत कितनी भी हो लेकिन लक्ष्य (दिशा) का होना भी जरूरी है। सिर्फ हमारे ही नहीं लेकिन क्या हमारे घरवालों के जीवन में भी स्टम्पस् हैं? क्या हमारे बच्चों के जीवन में स्टम्पस् हैं? जिस ऑफिस में मैं काम कर रहा हूँ, क्या वहाँ के लोगों के सामने, मेरे अस्टिटंट के सामने स्टम्पस् हैं? और क्या हर क्षण वे उन्हें दिखाई दे रहे हैं?

कई बार लक्ष्य पूरा होने के बावजूद भी लक्ष्य के पीछे और कोई लक्ष्य है, यह मालूम न होने के कारण हमारे जीवन में एक खालीपन (वैक्यूम) सा महसूस होता है।

'सब कुछ मिला लेकिन कुछ तो खाली है', ऐसा कई बार लगता है। यह खालीपन क्यों महसूस होता है? इसका कारण यह है कि लक्ष्य के पीछे दूसरा और कोई लक्ष्य है, यह हमारी समझ में नहीं आता। लक्ष्य क्या होना है और इस लक्ष्य के पीछे और एक लक्ष्य क्या है, यह एक छोटी सी कहानी से समझें।

एक पिताजी थे, जिनका एक छोटा बच्चा था। पिताजी हर क्षण उस बच्चे के बारे में सोचते थे। उन्हें लगता था कि मेरे बेटे ने जल्द से जल्द प्रगति करनी चाहिए। हर माता-पिता को ऐसा ही लगता है। अपने बच्चों से वे उसी प्रकार की उम्मीद रखते हैं लेकिन इनकी उड़ान तो बहुत ऊँची थी। उन्हें लगता था कि उनके बेटे ने पहाड़ चढ़कर ऊपर जाना चाहिए। पहाड़ के ऊपर कोई मंदिर था और पिताजी चाहते थे कि उनका बेटा वहाँ तक पहुँचे लेकिन बेटा इतना छोटा था कि वह पहाड़ तो क्या, सीधा चलना भी नहीं जानता था। घुटनों पर चलना भी वह अभी-अभी सीख रहा था।

तब पिताजी ने एक तरकीब सोची जिससे उनका बच्चा चलना या पहाड़ पर चढ़ना-उतारना सीख जाए। उन्होंने एक पद्धति अपने बेटे के लिए तैयार की। जमीन के दोनों तरफ उन्होंने एक-एक छोटा गड्ढा तैयार किया और बेटे के हाथ में एक रंग-बिरंगा बॉल दिया। बॉल हाथ में देकर उसे कहा,

'बेटा, यह बॉल हाथ में लेकर एक बार इस दिशा से पहले गड्ढे में फेंकना है और दूसरी बार उस दिशा से दूसरे गड्ढे में वही बॉल फेंकना है' और उन्होंने जहाँ एक जगह मार्किंग की थी, उस तरफ अंगुली दिखाकर बोले, 'उस मार्किंग के पीछे रुककर बॉल फेंकना है।'

उन्होंने बच्चे को सारे नियम समझा दिए। अब बच्चे ने बॉल फेंकना शुरू किया। बच्चा दोनों गड्ढों के बीच बॉल फेंकते-फेंकते बहुत खुश था। बॉल फेंकते-फेंकते लड़का चलना सीख रहा था लेकिन हम जानते हैं छोटे बच्चे जब चलना सीखते हैं तो क्या होता है? वे चलते ज्यादा हैं या गिरते ज्यादा हैं? आप कहेंगे, 'वे गिरते ज्यादा हैं।'

फिर सवाल यह उठता है कि वे क्या सीखते हैं? चलना सीखते हैं या गिरना सीखते हैं? अब आप कहेंगे, 'वे तो चलना सीखेंगे।' छोटी-मोटी गिरने जैसी असफलता, फेल्यूअर्स उन्हें उनके लक्ष्य से दूर नहीं करते।

लेकिन हमारे साथ ऐसा नहीं होता। हम असफलता में निराश होकर काम बंद करने की सोचते हैं। बच्चे ऐसा नहीं करते। दिनभर हम जब काम करते हैं तो हमारे साथ कई घटनाएँ होती हैं लेकिन कौन सी घटनाएँ हमें याद रहती हैं? हमें अच्छी घटनाएँ याद नहीं रहतीं। घर में या ऑफिस में किसी ने कुछ कहा, कुछ बोल दिया, अगर हमें किसी ने नीचा दिखाया तो हमारे मन में कौन से विचार चलते हैं? एक बार सोचकर देखें।

मन में तो यही विचार चलते रहेंगे कि 'मुझे उसने ऐसा क्यों कहा? अपने आपको क्या समझता है? कल मिलने दो, उसे छोड़ूँगा ही नहीं। उसने ऐसा कहा, उसने वैसा कहा, अब मिलने दो तो उसे मजा चखाऊँगा।'

एक बार राजू को उनके घर के बाजू में रहनेवाले नए पड़ोसी ने जब सबके सामने हिप्पोपोटॅमस कहा तब सब हँसने लगे और राजू भी हँसते-हँसते उसके सामने से चला गया। दूसरे दिन राजू जब जू-पार्क में गया तब उसने हिप्पोपोटॅमस यानी गेंडे को देखा। जैसे ही उसने उस गेंडे को देखा, उसे गुस्सा आना शुरू हुआ। उसके मन में विचार उठे, 'अभी मुझे समझा कि जब उसने मुझे हिप्पोपोटॅमस कहा तब मुझ पर सब क्यों हँस रहे थे?' अब दो दिन के बाद गेंडे को देखकर उसका स्वसंवाद शुरू हुआ। दो दिन पहले उसने वह शब्द सुना था लेकिन तकलीफ अब होनी शुरू हुई। अब उसके अंदर यह स्वसंवाद चला, जिससे उसका क्रोध भड़का।

'मुझे हिप्पोपोटॅमस कहता है?' वह अपने आपसे बात कर रहा था। 'मुझे मिलने दो, मैं उसे डायनासोर कहूँगा, जंगली डायनासोर कहूँगा और वह भी सबके सामने चिल्ला-चिल्लाकर कहूँगा।'

ऐसा ही होता है। हमें गलत बातें जल्दी याद रहती हैं, उसकी तकलीफ कई दिनों तक रहती है। साथ-साथ तारीफ भी याद रहती है।

समझें, एक दिन किसी ने आपकी तारीफ की और कहा, 'अरे, आप थे, इसलिए काम हो गया वरना यह काम होना संभव नहीं था।' इस तरह आपकी यदि प्रशंसा हुई तो अब क्या होगा? ऐसे समय कई सारे लोगों को रात में जल्दी नींद ही नहीं आती। रातभर वही प्रशंसाभरी बातें बार-बार याद आती रहती हैं। कैसी मेरी तारीफ हुई, कैसे सबने मुझे अच्छा कहा। इस तरह अंदर का स्वसंवाद रुकता ही नहीं।

इसका अर्थ क्या है? ये मनन करने लायक बातें हैं। इसका अर्थ हमारा रिमोट कंट्रोल सामनेवाले के हाथ में है। कई घटनाओं में तो हम अपना रिमोट कंट्रोल खुद उठाकर सामनेवाले के हाथ में देते हैं। सामनेवाला जैसे बटन दबाता है वैसे ही हमारे अंदर बटन अनुसार बातें होनी शुरू होती हैं। किसी ने हमारे काम से अगर गलती निकाली तो हमें तकलीफ होनी शुरू हो जाती है। किसी ने हमारी तारीफ की तो हमें खुशी होने लगती है। हम अपना रिमोट कंट्रोल दूसरों के हाथ में देकर उससे अपेक्षा रखते हैं कि सामनेवाला इंसान गुस्सेवाला नहीं, तारीफवाला बटन दबाए।

लेकिन होना क्या चाहिए? होना तो यह चाहिए कि **'हर क्षण मेरा रिमोट कंट्रोल मेरे हाथ में हो।'** बाहर का वातावरण, बाहर की घटनाएँ, दूसरों के संवाद मुझे परेशान न करें, डिस्टर्ब न करें। हम कैसे अपने स्वसंवाद से अपना रिमोट कंट्रोल सदा अपने पास रखें, यही इस पुस्तक का मुख्य उद्देश्य है, मुख्य लक्ष्य है।

छोटे बच्चों के साथ ऐसा नहीं होता। छोटी-मोटी असफलताएँ उन्हें तकलीफ नहीं देतीं। कहानी में चलना सीखनेवाला बच्चा जिसे एक दिन पहाड़ चढ़ना था, बॉल फेंक रहा था, गिर रहा था, वापस बॉल फेंक रहा था। बॉल फेंकते-फेंकते वह चलना, दौड़ना सीख रहा था। इसी तरह दो गड्ढों के बीच बॉल फेंकते-फेंकते लड़का एक्स्पर्ट हो गया। सौ में से नब्बे बार उसका बॉल उन गड्ढों में जा रहा था। जब बॉल गड्ढे में जाता था तो वह खुशी से नाचता था। अपने आपको कहता था,

'मैं जीत गया, मैं जीत गया,'

जब बॉल गड्ढे में नहीं जाता था तो वह अपने आपको कहता था, 'ओ! मैं तो हार गया।'

अब यह लड़का पद्धति में अटक गया, प्रोसेस में अटक गया। इस बच्चे के मन में पूरा बैठ गया कि बॉल गड्ढे में जाना ज्यादा आवश्यक है। पिताजी ने जो पद्धति निर्माण की थी, उसमें इस बात को बिलकुल महत्त्व नहीं था कि बॉल कितनी बार गड्ढे में गया? दस बार गया कि सौ बार गया, इसे महत्त्व नहीं था। महत्त्व इस बात को था कि इस पद्धति के कारण बच्चा चलना, दौड़ना, भागना सीख जाए। चलने की निपुणता (स्कील) उपयोग में लाई जानेवाली है, जिससे बाजू में जो पहाड़ (लक्ष्य के पीछे का लक्ष्य) था, उसके ऊपर उसका चढ़ना शुरू हो जाए।

हमारे जीवन में भी ऐसा ही होता है। हम समस्याओं में हारने, जीतने को

ज्यादा महत्त्व देकर लक्ष्य के पीछे का लक्ष्य (एम बियाँड एम) भूल जाते हैं। समस्या आती है तो उसमें हमारा जीतना, हारना ज्यादा महत्वपूर्ण नहीं होता। उन समस्याओं में हमारा रिमोट कंट्रोल हमारे हाथ में रहना ज्यादा महत्वपूर्ण होता है।

समस्या से बाहर आना लक्ष्य है लेकिन लक्ष्य के पीछे लक्ष्य, एम बियाँड एम यह होना चाहिए कि हम में कौन सी स्कील (क्षमता) विकसित हुई? क्या हमारा मन अकंप और निर्मल बना?

हर क्षण मेरा रिमोट कंट्रोल कहाँ होता है? यह जानना जरूरी है। अगर किसी घटना में हमें अपयश मिला तो हमारा स्वसंवाद क्या होता है? खुद का रिमोट कंट्रोल कैसे हमारे हाथ में रखें। यह कला आप जान गए तो आप सही मायने में जीत गए वरना बाकी लोगों को लगते हुए भी कि आप जीत गए, आप नहीं जीते। अगर कार्यक्षमता, योग्यता, हुनर, समझदारी, गुणों का विकास ही नहीं हुआ तो इसका अर्थ है कि हम जीतकर भी हार गए।

यह बात अगर पूर्ण रूप से आपकी समझ में आ जाए तो हर समस्या में आप दो बार जीतेंगे - समस्या सुलझाकर और लक्ष्य के पीछे का लक्ष्य पाकर।

'जीवन मुझसे सहमत है, मैं हर दिन,
हर क्षण नया ग्रहण करता हूँ।'

भाग तीन

दुनिया बदलनी है तो कैसे बदलें
लोगों से रिश्ते अच्छे कैसे बनें

अपना काम खुद करना ठीक है,

अपना काम करके दूसरों की मदद करना अच्छा है,

हर काम को ईश्वर की अभिव्यक्ति समझना उत्तम है।

Work is worship, worship is not work.

किसी राज्य के राजा को एक अनोखी बीमारी हो गई थी। वह ऐसी बीमारी थी, जिसका हल किसी भी वैद्य के पास नहीं था। काफी खोज करने के बाद राजा को एक ऐसे वैद्य मिले, जिन्होंने राजा से कहा कि वे राजा की बीमारी ठीक कर सकते हैं। वैद्य ने राजा को जो उपाय बताया वह काफी अजीब था पर राजा की बीमारी ठीक करने के लिए सभी ने उनकी बात मानने का निश्चय किया।

वैद्य ने राजा की बीमारी का इलाज इस तरह बताया, 'राजा जितनी ज्यादा लाल रंग की चीजें देखेगा, उतनी राजा की बीमारी जल्दी ठीक हो जाएगी।'

जैसे ही राजा ने यह बात सुनी तो उन्होंने तुरंत ऐलान करवाया कि 'हर जगह ऐसी व्यवस्थाएँ की जाएँ कि जहाँ-जहाँ राजा की नजर पड़े,

वहाँ-वहाँ उन्हें लाल रंग ही दिखाई दे।'

सभी लोग काम पर लग गए। सभी दीवारों को लाल रंग दिए गए। राजा के आने-जाने के मार्ग पर लाल रंग के कपड़े बिछाए गए। सिपाहियों के कपड़े बदलकर लाल रंग के बनाए गए। राजा का सिंहासन, यहाँ तक कि पूरा राजदरबार लाल रंग से रंगने का काम जोरों से शुरू हो गया।

लाल रंग देने का काम इतना जोरों से चल रहा था कि बाहर के राज्यों से भी कई सारे कारीगरों को बुलाया गया। एक तरफ हर चीज लाल हो रही थी तो दूसरी तरफ राजा की तिजोरी खाली हो रही थी। इन सब में यह बात देखकर सभी को खुशी हो रही थी कि इसके साथ-साथ राजा की बीमारी भी कम हो रही थी, राजा ठीक होने लगे थे। अब जैसे पूरा राजदरबार लाल हो गया, वैसे ही आजू-बाजू के घरों को भी लाल रंग देने का आदेश दिया गया। लाल रंग लोगों के घरों पर छा रहा था लेकिन पैसा राजा की तिजोरी से जा रहा था।

ये सब देखकर एक छोटे लड़के को बड़ा आश्चर्य हुआ। वह सीधा राजदरबार पहुँचा और राजा से कहा,

'आप ये सब क्या कर रहे हैं! इतना खर्चा क्यों कर रहे हैं?' बच्चे की ऐसी बातें सुनकर लोगों को आश्चर्य हुआ और लड़के पर मुसीबत आने का डर भी लगा।

'तुम कौन होते हो यह सवाल पूछनेवाले?' वजीर ने आगे आकर कहा, 'राजा का ठीक होना खजाने के पैसे से ज्यादा महत्वपूर्ण है। तुम शायद राजा का ठीक होना नहीं चाहते हो। तुम्हारी उम्र को देखकर हम तुम्हें छोड़ रहे हैं वरना कोई और होता तो उसे अब तक बंदी बनाया गया होता।'

'चाहता तो मैं भी यही हूँ कि राजा जल्द से जल्द ठीक हो जाए।' वजीर की बातें सुनकर लड़के ने शांति से कहा, 'पर मुझे यह तरीका सही नहीं लगता है। अगर आप मुझे बोलने की अनुमति दें तो मेरे पास राजा की बीमारी ठीक होने का ऐसा हल है जो ज्यादा महँगा भी नहीं है।'

'भागो यहाँ से!' वजीर ने गुस्से में आकर कहा, 'तुम्हारे पास ऐसा क्या होगा जो बड़े-बड़े पंडित-राजपुरोहितों को पता नहीं है। यहाँ से तुरंत चले जाओ वरना राजद्रोह के आरोप में बंदी बना लिए जाओगे।' यह सुनकर वह लड़का वहाँ से जाने

लगा।

तब राजा ने उस लड़के को रोका और कहा, 'इस दरबार में कोई बड़ा या छोटा नहीं है। इस बात की संभावना काफी कम है कि तुम्हारे पास इस समस्या का कोई हल होगा पर हम तुम्हें एक मौका जरूर देंगे। कहो क्या है तुम्हारे पास?'

'धन्यवाद! राजा, मैंने आज तक आपके बारे में सिर्फ सुना था लेकिन आज देख भी लिया है। शायद आपके इस तरह से काम करने का तरीका देखकर लोग आपका आदर करते हैं। यही वजह है कि आपकी बीमारी ठीक होने के लिए सभी एक साथ काम कर रहे हैं। मेरे पास जो हल है वह आपकी बीमारी कम खर्चे में ठीक करेगा।' ऐसा कहकर उस लड़के ने राजा की आँखों पर एक चश्मा लगा दिया, जिसकी काँच लाल रंग की थी। अब राजा को सब कुछ लाल दिखने लगा। यह घटना देखकर सभी दरबारियों ने खड़े होकर तालियाँ बजानी शुरू कीं।

'यह ऐनक मैंने एक मेले में खरीदी थी।' उस छोटे बच्चे ने कहा, 'यह ऐनक पहनकर आप जहाँ भी देखेंगे, आपको हर चीज लाल दिखाई देगी। यह पहनने से आपकी बीमारी भी ठीक होगी और राज्य का धन भी बचेगा।' बच्चे की यह होशियारी देखकर सभी आश्चर्यचकित रह गए।

हमारे साथ भी कई बार ऐसा ही होता है। यह तो तय है कि जिस रंग की ऐनक हम पहनेंगे, वैसे ही हमें दिखाई देगा। ठीक उसी प्रकार जिस तरह का स्वसंवाद हमारे अंदर चलेगा, वैसे ही हमें महसूस होगा। स्वसंवाद एक प्रकार का मन का ऐनक ही है। वह जिस रंग का होगा, वैसा दृश्य हमें दिखाई देगा। अगर हम किसी इंसान को पीले रंग के ऐनक से देखेंगे तो हमें वह पीला दिखाई देगा। वैसे ही नीले, हरे और काले रंग के साथ भी है।

कई बार हम भी राजा की तरह बाकी चीजों को बदलने में लगे रहते हैं। बाकी लोगों को सुधारने में लगे रहते हैं। उनकी गलतियों को देखते रहते हैं पर **अगर हमने अपनी ऐनक (स्वयं से होनेवाली बातें) बदली तो सारी चीजें एक साथ बदल जाएँगी।** अब हमें यह तय करना है कि हम अपने मन की आँखों पर कौन से रंग की ऐनक पहनें यानी हर घटना में किस प्रकार का स्वसंवाद रखें?

सबसे अच्छा तो यह है कि 'हम खुले मन से बिना ऐनक के (मौन के साथ) सामने जाएँ और अगर पहनना ही है तो बिना रंग की पारदर्शी काँच की ऐनक पहनें,

जिसमें से जो जैसा सामने है, वैसा ही दिखाई दे।'

हमारे जीवन में हमेशा अलग-अलग प्रकार के लोग आते हैं। जीवन में आनेवाला हर इंसान हमारे मन में अलग-अलग भावनाएँ उत्पन्न करता है। इन भावनाओं के आधार पर हम यह तय करते हैं कि उस इंसान के साथ हमें किस प्रकार का व्यवहार करना है। किसी भी इंसान के साथ हमारा व्यवहार इस बात पर निर्भर होता है कि आज तक वह हमें कितनी बार मिला है और उससे मिलने के बाद हमारे साथ क्या-क्या घटनाएँ हुई हैं। अगर उसके मिलने के बाद हमारे साथ सकारात्मक घटनाएँ हुई हैं तो उसके प्रति हमारा व्यवहार हमेशा सकारात्मक होता है और ऐसी घटनाएँ जोड़कर हम उसके प्रति अपने मन में एक कल्पना बनाते हैं। उस इंसान को देखकर हमारे अंदर जो स्वसंवाद चलता है वह हमारी प्रतिक्रिया तय करता है।

एक बात तो हम सभी ने जरूर देखी होगी कि किसी भी इंसान से सभी एक जैसा व्यवहार नहीं करते। हम अगर अपने बारे में सोचें तो हम भी सभी से एक जैसा व्यवहार नहीं करते और न ही सभी हम से एक जैसा व्यवहार करते हैं। हर इंसान सभी से अलग-अलग व्यवहार करता है। कोई हमारे साथ काफी अच्छा व्यवहार करता है तो दूसरे ही पल वह किसी से बुरा व्यवहार करता है। कई बार तो हमें यह भी अनुभव आता है कि हम जिसे अच्छा समझते हैं, उसी के बारे में कुछ लोग गलत बातें करते हैं।

अगर किसी कंपनी में देखा जाए तो वहाँ के बॉस को देखकर कुछ लोगों के मन में नकारात्मक विचार उठते हैं। कुछ लोगों को तो यह भी विचार आता है कि 'बॉस आज काम पर ही न आए' मगर इसी बॉस के घर जाकर देखा जाए तो क्या नजारा होगा ! शायद उसकी कोई राह देखता होगा। शायद उसका बेटा पिता के साथ रहने के लिए उसे छुट्टी लेने के लिए कह रहा होगा।

एक ही इंसान के बारे में इतना परिवर्तन कैसे हो सकता है? उसके संपर्क में आनेवाले लोग उसके बारे में इतना विभिन्न कैसे सोच सकते हैं? एक ही इंसान के बारे में अच्छा और बुरा दोनों कहनेवाले लोग हैं। यह देखकर यही बात साबित होती है कि किसी भी इंसान को देखकर हमारे अंदर जो स्वसंवाद चलता है, वही स्वसंवाद उस इंसान को अच्छा या बुरा साबित करता है।

हर एक को हर इंसान अलग-अलग दिखाई देता है क्योंकि उनका रोल हर

एक के लिए अलग-अलग है। जैसे कंपनी में एक इंसान बॉस है तो वही घर में किसी का पति है, पिता है, भाई है या बेटा है। अब जैसे-जैसे उस इंसान का रोल बदलता है, वैसे-वैसे उसका बरताव भी बदलता है। उस बरताव के कारण कोई उन्हें प्यारा कहता है तो कोई काफी कठोर कहता है, कोई मदद करनेवाला कहता है तो कोई मजाकिया कहता है। इंसान तो वही होता है लेकिन हम उसे कैसे देखते हैं, यह ज्यादा महत्वपूर्ण होता है। इस बात को हम एक कहानी से समझेंगे।

एक दिन किसी गाँव में अचानक बहुत जोर की बारिश आई। उस बारिश से बचने के लिए काफी लोग एक बड़े पेड़ के नीचे जाकर खड़े हो गए। कुछ ही समय में वहाँ पर काफी सारे लोग जमा हो गए। अलग-अलग उम्र के और अलग-अलग व्यवसाय करनेवाले काफी सारे लोग उस पेड़ के नीचे आ गए थे। उनमें एक साधू महाराज भी थे। साधू महाराज को देखकर सभी ने उनसे अपने-अपने जीवन के बारे में प्रश्न पूछने शुरू किए। सभी के सवाल चाहे अलग-अलग थे पर उनका रोग एक ही प्रकार का था। उनके सवाल क्या थे– 'लोग ऐसा-ऐसा बुरा व्यवहार क्यों करते हैं...? दुनिया ऐसी क्यों बनी है...? लोग हमारी बात क्यों नहीं समझते...? वे स्वार्थी क्यों हैं...?' वगैरह वगैरह...

महाराज ने कहा, 'आपके सभी सवालों के जवाब मिलेंगे पर उससे पहले आप सभी मेरे एक सवाल का जवाब दीजिए। मुझे यह बताइए कि यह पेड़ जिसकी पनाह में आप सभी आए हैं, उस पेड़ को देखकर आपके मन में क्या विचार आए हैं? इस पेड़ को देखकर आपको क्या लग रहा है?'

'ऐसा ही बड़ा पेड़ हमारे किताब में भी छपा है।' उनमें से एक छोटे विद्यार्थी ने कहा, 'ऐसे पेड़ों की वजह से हमें ऑक्सीजन मिलती है, मधुर फल खाने को मिलते हैं।'

'अच्छा हुआ मुझे यह पेड़ मिला वरना मैं तो बीमार ही हो जाता।' एक इंसान, जो काफी कमजोर था वह बता रहा था, 'बारिश में इस पेड़ ने तो मुझे बीमार होने से बचाया वरना मुझे तीन दिन सर्दी-जुकाम में बिताने पड़ते, यह पेड़ लोगों को धूप से भी बचाता है, ऐसा विचार मुझे आया।'

'इस पेड़ के पत्तों से तो कई सारी दवाइयाँ बन सकती हैं, जो कई सारे लोगों को जीवनदान दे सकती हैं।' एक वैद्य ने अपना आयुर्वेदिक ज्ञान प्रकट करते हुए

कहा, 'यह काफी लाभदायक पेड़ है।'

'अगर मुझसे पूछा जाए तो मैं अपने अनुभव से यह बताता हूँ कि इस पेड़ की जो लकड़ियाँ हैं, वह काफी अच्छे दर्जे की हैं। इन लकड़ियों से बहुत सारी चीजें बनाई जा सकती हैं। आज-कल ऐसे पेड़ काफी मुश्किल से मिलते हैं।' एक इंसान जो लकड़ी का व्यापारी था उसने कहा ।

'अगर इस पेड़ को हम कटने से बचाएँगे तो यह पेड़ हमें पूरे जीवनभर सँभालेगा क्योंकि जब हम इसके फल-फूल बेचेंगे तो उससे जो पैसे आएँगे, वे पैसे हमारा गुजारा करने के लिए काफी होंगे।' दूसरे व्यापारी ने कहा।

एक इंसान ने तो काफी अलग ही जवाब दिया। उसने कहा, 'महाराज अब आपसे क्या छिपाएँ? असल में मैं एक चोर हूँ। मैं इस पेड़ में ऐसी जगह देख रहा था जहाँ पर भागने के बाद छिप सकूँ।'

एक चित्रकार ने कहा, 'यह पेड़ तो कितना खूबसूरत है। इसमें तो मुझे अलग-अलग चित्र बनते हुए दिखाई दे रहे हैं। किसी टहनी को देखकर मंदिर के कलश की याद आती है तो किसी टहनी को देखकर मुझे हाथी की सूँड़ याद आती है। कुछ जगह पर मुझे छोटा बच्चा दिखाई देता है तो कहीं पर बूढ़ा इंसान।'

सभी के जवाब सुनने के बाद महाराज ने हँसना शुरू किया और आगे कहा,

'अगर किसी स्थूल चीज को देखकर आप लोगों के अंदर ऐसे अलग-अलग विचार आ सकते हैं तो इंसानों के बारे में ऐसा होने ही वाला है यानी जो भी लोग हमारे आस-पास हैं, उनके बारे में हमारे मन में अलग-अलग विचार आने ही वाले हैं। इसलिए किसी भी इंसान के बारे में कोई भी राय बनाने से पहले अपने आपसे पूछें कि 'मैं जैसे उस इंसान के बारे में सोच रहा हूँ, क्या वह इंसान वाकई वैसा है और वह सभी को वैसे ही दिख रहा है या यह मेरा मानना है?' यह एक सवाल हमारे अंदर की पीड़ा, तकलीफें और परेशानियों को जो हमें लोगों के अजीब व्यवहार से मिलती हैं, एक साथ खत्म कर सकता है और हम सामने आनेवाले हर इंसान को पुराने अनुमान से नहीं बल्कि नए नजरिए से देख पाएँगे। हम अगर अपना नजरिया, विचार, काला चश्मा या स्वसंवाद बदल देंगे तो पूरी दुनिया आज से ही बदल जाएगी।'

भाग चार

स्वसंवाद और बॉडी लैंग्वेज

प्रार्थना से दूसरों में परिवर्तन कैसे करें

अपने धर्म का सम्मान करना ठीक है,
अपने धर्म को धारण करना अच्छा है,
अपने धर्म के साथ एकरूप होना उत्तम है।

आपकी जीत सिर्फ इस पर निर्भर नहीं है कि आप अपने बारे में क्या कहते हैं, आपकी सफलता इस बात पर भी निर्भर नहीं है कि आपने अपने जीवन में क्या-क्या पाया है बल्कि आपकी सफलता इस बात पर निर्भर करती है कि आपके साथ जो लोग काम करते हैं, आपके साथ जो लोग रहते हैं, वे आपके चरित्र, स्वभाव, वचनबद्धता और व्यवहार के बारे में क्या कहते हैं।

अगर आप स्वसंवाद का सही उपयोग करना जानेंगे तो लोगों के साथ, घरवालों के साथ आपके जो संबंध हैं, वे कई गुना अच्छे हो जाएँगे। आपके संबंध सभी के साथ कैसे अच्छे हो जाएँगे, इस बात को पहले समझें। सबसे पहले हमारे आजू-बाजू में रहनेवाले, काम करनेवाले जो लोग हैं, उनके साथ हम क्या संवाद करना

चाहते हैं, इसे जानना जरूरी है।

एम.टी.सी. कोर्स के दौरान सामने बैठे हुए एक ग्रुप से जब पूछा गया कि 'तुम्हारे साथ दस लोग काम कर रहे हैं तो बताओ तुम्हारे लिए कितने हाथ काम कर रहे हैं?'

'बीस' सभी ने तुरंत जवाब दिया।

'कैसे?'

'दस लोग हैं तो हर एक के दो हाथ मिलकर बीस हाथ होते हैं, जो हमारे लिए काम कर रहे हैं।' सभी ने कहा।

'बीस क्यों, बाईस क्यों नहीं? देखो, दस लोग काम कर रहे हैं, उन सबके दो-दो हाथ मिलाकर बीस हाथ हो गए पर आपके दो हाथ कहाँ गए? वे भी उनमें शामिल करने चाहिए कि नहीं? आपके दो हाथ मिलकर बाईस हाथ हो जाते हैं।'

ऐसी जगह पर हम अपने आपको भूल जाते हैं। सभी के साथ वार्तालाप करते-करते हम अपने साथ होनेवाले वार्तालाप अथवा स्वसंवाद को भूल जाते हैं। यही स्वसंवाद हमें अपनी टीम में काम करते हुए, ग्रुप में व्यवहार करते हुए सकारात्मक या नकारात्मक परिणाम देते हैं। इस स्वसंवाद में परिवर्तन होना चाहिए।

बाकी लोगों के बारे में, साथ में काम करनेवाले व्यापारियों के बारे में अगर आपका स्वसंवाद सकारात्मक है तो आपको उनसे शक्ति मिलेगी, उनसे उत्साह मिलेगा। वही स्वसंवाद यदि नकारात्मक है तो आपसे आपकी शक्ति छीन जाएगी, नकारात्मक कुसंवाद से आपका उत्साह चूस लिया जाएगा।

नीलाराम और लीलाराम नामक दो जादूगर थे। दोनों भी जो जादू के प्रयोग करते थे, वे एक जैसे ही थे। दोनों का हर प्रयोग लगभग एक जैसा ही था। दोनों की जानकारी भी एक जैसी ही थी लेकिन दोनों में एक फर्क था। उनमें से जो नीलाराम नामक जादूगर था, वह जादू के प्रयोग शुरू करने से पहले ही अपने मन में ये विचार करता था,

'आज प्रयोग देखने कितने लोग आएँगे...? थिएटर लोगों से भरेगा या नहीं भरेगा...? आज कितने पैसे कमाऊँगा...?'

जब वह प्रयोग शुरू करता था तब उसके सामने बैठे हुए लोगों को देखकर उसके मन में ये विचार चलते थे,

'इन्हें क्या मालूम मैं कितना ग्रेट मैजिशियन हूँ। मैं अब ऐसा जादू दिखाऊँगा कि किसी के समझ में भी नहीं आएगा। कोई भी मेरी हाथ चालाकी पकड़ ही नहीं पाएगा। अब देखो, मैं इन्हें कैसे उल्लू बनाता हूँ।'

ऐसे कई सारे स्वसंवाद नीलाराम जादूगर के मन में खेल के दौरान चलते रहते थे। जब भी वह कोई जादू करता था तो उसका जादू लोगों की समझ में ही नहीं आता था। उसके बाद तुरंत उसके मन में फिर से यह स्वसंवाद चलता कि 'देखा मैंने कैसे सबको उल्लू बनाया !'

लीलाराम नामक दूसरे जादूगर के प्रयोग भी नीलाराम जैसे ही थे लेकिन वह ज्यादा प्रसिद्ध हुआ। वह भी लोगों के सामने हर शो में जाता था। जब भी खेल शुरू होता था तब उसका स्वसंवाद ऐसे चलता था,

'मेरे सामने बैठे हुए जो लोग हैं, वे दिनभर घर में, ऑफिस में काम करके थके हुए हैं। हो सकता है, उनमें से कोई परेशान भी हो। मेरा काम यह है कि तीन घंटे उन्हें बहुत हँसाना है, उन्हें आनंदित करना है, जिससे वे खुशी के मारे तालियाँ बजा पाएँ। मेरे जादू के प्रयोग देखकर वे अपने दुःख भूल जाएँ और यहाँ से आनंदित और प्रेरित होकर घर लौटें।'

उसके अंदर यह भी स्वसंवाद चलता था कि 'जब लोग मेरे जादू के प्रयोग देखें तब उनके अंदर एक नई उमंग उठे। जीवन के रहस्य खोजने का उत्साह उनमें निर्माण हो। वे अपने जीवन में हँसना-खेलना फिर से शुरू करें।'

दोनों के स्वसंवाद से क्या जाहिर होता है? किसका प्रयोग लोग ज्यादा पसंद करेंगे? जिसका स्वसंवाद लोगों के बारे में नकारात्मक है? या जिसका स्वसंवाद सकारात्मक है?

जिसका स्वसंवाद आजू-बाजू के लोगों के बारे में सकारात्मक है, आशावादी है, वह सकारात्मक तरंग तैयार करता है। उसके स्वसंवाद से तैयार हुई तरंगें उसके संपर्क में आए हुए लोगों तक पहुँचती हैं। जिस तरह का स्वसंवाद हम अपने साथ करते हैं, उसी तरह की तरंगें हम अपने आस-पास तैयार करते हैं। जिससे हमारे पास

लोग आकर्षित होते हैं या हम से दूर भाग जाते हैं।

लीलाराम के मैजिक शोज दिन-प्रतिदिन लोगों को पसंद आने शुरू हुए और नीलाराम के प्रयोग लोग नापसंद कर रहे थे। नीलाराम की समझ में नहीं आ रहा था कि 'लीलाराम और मेरी दोनों की ट्रिक्स एक जैसी हैं, सब कुछ एक जैसा है, उलटा मेरे स्टेज शो की सजावट ज्यादा सुंदर होती है। फिर भी लीलाराम के प्रयोग के लिए इतनी भीड़ क्यों होती है?' उसका स्वसंवाद अब और नकारात्मक होने लगा और वह गुमनामी की राह पर चल पड़ा।

अब आप अपने बारे में सोचें कि 'जिनके साथ मैं दिनभर रहता हूँ, जो मेरे घरवाले हैं, ऑफिस के लोग हैं, जहाँ भी मैं काम करता हूँ, उन सभी के बारे में मेरा स्वसंवाद कैसा है और कैसा होना चाहिए?' आज के बाद हम क्या करें? हर सुबह जब भी उठें तो अपना स्वसंवाद इस तरह से तैयार करें, *'आज मेरी वजह से मेरे घरवाले आनंदित होनेवाले हैं, खुश होनेवाले हैं। मेरे व्यवहार से ऑफिस में मेरे साथ काम करनेवाले लोग ज्यादा आनंदित होंगे। मेरे सकारात्मक स्वसंवाद और वाणी से वे काम का आनंद ले पाएँगे।'*

सिर्फ स्वसंवाद बदलने से क्या होता है? जिस तरह का स्वसंवाद हमारे अंदर चलता है, उसी तरह से हमारी बॉडी लैंग्वेज (शारीरिक भाषा) दिखाई देती है। बॉडी लैंग्वेज सामनेवाले इंसान के अंतर्मन को तुरंत समझ में आती है। नकारात्मक बॉडी लैंग्वेज तुरंत लोगों में खिंचाव, सिकुड़न और नफरत निर्माण करती है। सकारात्मक शारीरिक भाषा सभी के अंतर्मन को प्रभावित करती है। सभी सहयोग की भावना से भर जाते हैं। जैसे हमारा स्वसंवाद बदलता है, वैसे ही हमारी क्रिया भी बदलती है। यह सब सूक्ष्म तरीके से होता है, जिसका पता हमें नहीं चलता है इसलिए अपनी बॉडी लैंग्वेज बदलने के लिए अपने स्वसंवाद नियंत्रित करें।

कई साल पहले की बात है। एक अनमोल नामक लड़का रविवार की बैठक में मिलने आया। अनमोल ने बताया कि 'सरश्री, कल सोमवार है और कल ऑफिस जाकर मैं अपना रिजाईन सबमीट करनेवाला हूँ।'

अनमोल ने पाकिट में हाथ डालकर त्यागपत्र निकाला और वह दिखाकर बोला, 'सरश्री, यह मेरा रिजाइन लेटर है। यह कल मैं अपने बॉस के टेबल पर रखनेवाला हूँ।'

'क्यों? क्या कोई नया काम मिलनेवाला है?' पूछने पर अनमोल के चेहरे के रंग बदल गए। उसके चेहरे पर बदले की भावना दिखाई दे रही थी।

'नहीं सरश्री, नया जॉब तो नहीं मिला लेकिन आप जानते नहीं, एक साल में मेरे बॉस ने मुझे कितनी तकलीफ दी है ! उससे मैं बहुत तंग आ गया हूँ। कल जाकर मैं यह रिजाईन लेटर बॉस के टेबल पर रखूँगा। उनकी सिग्नेचर लूँगा। बाद में दफ्तर में जाकर मेरे सब पैसे ले लूँगा, अपना सब क्लिअरन्स ले लूँगा। फिर वापस मेरे बॉस को मिलने जाऊँगा।' अब अनमोल के चेहरे पर गुस्सा दिखाई दे रहा रहा था। उसकी आँखें गुस्सा उगल रही थीं। आगे उसने कहा, 'मैं बॉस को मिलने जाऊँगा तो हाथ मिलाने नहीं, हाथ मिलाना तो एक बहाना रहेगा बल्कि ऑफिस जाकर उसके गाल पर एक जोरदार तमाचा मारूँगा।'

जैसे ही उसने ये शब्द कहे तो उसके चेहरे पर एक नकारात्मक आनंद दिखाई दे रहा था। एक समाधान दिखाई दे रहा था। अनमोल ने कहा, 'जब मैं बॉस के गाल पर तमाचा मारूँगा तब मेरा जीवन सार्थक हो जाएगा। इतने सालों से उसने मुझे जो तकलीफ दी है, उसका बदला लेने के लिए मैं फाईनली रिजाईन करने जा रहा हूँ।'

'अनमोल, चलो इसमें कोई हर्ज नहीं। आपके विचार इस प्रकार के हैं, आप ऐसी क्रिया करना चाहते हैं तो करें लेकिन बीच में पंद्रह दिन जो कहा जाए वह करना तो सभी का भला होगा और इसमें सबसे ज्यादा आपका भला होगा।'

'लेकिन मैं तो रिजाईन करने ही वाला हूँ।' अनमोल ने हिचकते हुए कहा।

'जरूर करो लेकिन पंद्रह दिन के बाद, तब तक आपको एक छोटा सा काम करना है।' अब अनमोल के चेहरे पर सवाल था। वह थोड़ा सा शंकित होकर देख रहा था। उसके मन में विचार चल रहे थे कि 'पता नहीं अब क्या अनोखा बताया जाएगा !' उसका चेहरा उसकी शंकालू वृत्ति दर्शा रहा था।

'देखो अनमोल, अगर सत्य की समझ जो यहाँ दी जाती है, उस पर विश्वास है तो आपको पंद्रह दिन सिर्फ एक ही काम करना है। सुबह और शाम दो बार प्रार्थना करनी है।'

'आप कहते हैं तो जरूर करूँगा', अब अनमोल के स्वर में शांति थी।

'देखो अनमोल, प्रार्थना करनी है लेकिन वह अपने बॉस के लिए करनी है।'

अब अनमोल के चेहरे पर आश्चर्य भी था और थोड़ा सा गुस्सा भी था।

'क्यों? उनके लिए मैं प्रार्थना क्यों करूँ?' अनमोल ने विरोध जताते हुए कहा।

'उसके बारे में पंद्रह दिन के बाद बात करते हैं। अभी आपको क्या बताया गया है कि सुबह-शाम आपको प्रार्थना करनी है। प्रार्थना ऐसी है कि आपका जो बॉस है, उसे जो चाहिए वह मिले। उसके मन की सभी कामनाएँ पूर्ण हो जाएँ और उसकी सेहत अच्छी हो जाए। वह प्रतिदिन शारीरिक और मानसिक रूप से शांत हो जाए। उसका आर्थिक विकास हो जाए। इसी के साथ यह भी प्रार्थना करनी है कि उन्हें हर दिन आनंद मिले, उन्हें हर दिन खुशियाँ प्राप्त हों और उनकी जो भी चाहते हैं, वे पूर्ण हो जाएँ।'

'यह आप मुझे क्या करने को बता रहे हैं? ऐसा तो मुझसे कभी नहीं होनेवाला है।'

'देखो अनमोल, यह एक प्रयोग है, करके तो देखो, वैसे भी आप रिजाईन करने जा ही रहे हो !'

'ठीक है, आप बता रहे हैं इसलिए मैं करूँगा', अनमोल ने अनमने ढंग से कहा।

चौदह दिन के बाद ही अनमोल रविवार की बैठक में फिर से आ पहुँचा।

'अनमोल, कैसे हो? आपकी रिजाईन करने की तारीख कौन सी है? कब रिजाईन कर रहे हो?' मैंने हँसकर पूछा।

इस बार अनमोल के चेहरे पर अलग ही भाव थे। थोड़ी सी मुस्कराहट भी थी।

'सरश्री, मेरा रिजाईन करने का पक्का नहीं हो पा रहा है', अनोखे भाव से अनमोल ने कहा, 'क्योंकि आज-कल बॉस मुझसे बहुत ही अच्छा बरताव कर रहा है। पता नहीं क्या हुआ! वह धीरे-धीरे इतनी अच्छी बातें कैसे कर रहा है, यह मेरी समझ में नहीं आ रहा है।' यह सुनते ही सभी जोर से हँस पड़े।

'अनमोल, इसका कारण क्या है? क्या तुम्हें अभी तक पता नहीं चला? यह इस पर निर्भर है कि हमारे अंदर कौन से स्वसंवाद चलते हैं। जिस तरह से आपने आपके बॉस के लिए प्रार्थना करनी शुरू की तो उसका परिणाम तुरंत आपके स्वसंवाद पर हुआ। स्वसंवाद जब बदलते हैं, अपने विचार जब बदलते हैं तब हमारी

वाणी भी बदलनी शुरू होती है और सिर्फ वाणी ही नहीं बॉडी लैंग्वेज यानी शरीर की भाषा भी बदलने लगती है। जिसके लिए आप सुबह-शाम प्रार्थना कर रहे हैं, उसके बारे में आपके शरीर की भाषा नकारात्मक बातें कर ही नहीं सकती, वह तो सकारात्मक बातें ही करेगी। आपकी सकारात्मक बातें सामनेवाले का अंतर्मन पकड़ लेता है। फिर वह भी उसी तरह से प्रतिसाद देने लगता है।'

ऐसा ही होता है। कोई जादूगर हो या बॉस, पड़ोसी हो या सास हर जगह आपको ही पहले बदलकर सबको बदलना है। यह बदलाव स्वयं का स्वसंवाद बदलकर आता है। अगर आप अपना स्वसंवाद बदलेंगे तो आपको दिखाई देगा कि आपके साथ काम करनेवाले लोग अपने आप बदल रहे हैं। आपकी तरफ देखने की, आपके साथ बातें करने की उनकी जो पद्धति है, वह भी बदल रही है।

यदि आप कर्मचारी हैं और अपने बॉस से परेशान हैं, यदि आप बहू हैं और सास से परेशान हैं, यदि आप सज्जन हैं और अपने पड़ोसी से परेशान हैं, यदि आप विद्यार्थी हैं और अपने टीचर से परेशान हैं या फिर ठीक इसका उलटा है तो आप अपनी बॉडी लैंग्वेज यानी कि अपनी शारीरिक भाषा जो गलत संप्रेषण करती है, बदलने के लिए अपना स्वसंवाद बदलें। अगर हर पड़ोसी, हर मित्र, हर रिश्तेदार तथा विश्व का हर राष्ट्रपति अपना स्वसंवाद बदलकर एक-दूसरे के लिए प्रार्थना करे तो सभी रिश्तों और देशों से नफरत मिट जाएगी। क्या यह स्वसंवाद का जादू नहीं है?

भाग पाँच

स्वसंवाद से पैसे जाने का गम मिटाएँ

धन के बदले धन्यवाद देना सीखें

शरीर हर दिन नींद करे यह ठीक है, मन हर दिन नींद करे यह अच्छा है, सेल्फ हर दिन समाधि में जाए यह उत्तम है।

कई लोग पैसे को लेकर यह शिकायत करते हैं कि 'मेरे पास पैसे टिकते ही नहीं, मुझे हमेशा पैसे कम पड़ते हैं।'

कई लोग तो यह भी बताते हैं कि 'अगर मेरे पॉकेट में पाँच सौ या हजार की नोट है और जब तक वह नोट छुट्टा नहीं करेंगे, आठ-आठ दिन तक वैसी की वैसी ही रहती है लेकिन जैसे ही नोट छुट्टे हुए तो समझो कि खत्म हुए।'

कोई कहता है, 'सौ-पाँच सौ रुपए का बंडल जब तक पैक है, खुला नहीं है तब तक टिकता है। जब बंडल खुलता है तब पता ही नहीं चलता कब खत्म होता है।'

आखिर ऐसा क्यों होता है? इसके पीछे हमारा स्वसंवाद ही कारण है। पैसे के प्रति गलत स्वसंवाद मुख्य कारण है। कई लोग हमेशा शिकायत करते रहते हैं कि 'देखो, इस बार लाईट

का बिल छह सौ रुपए आ गया।' कोई कहता है, 'स्कूटर में पाँच सौ का पेट्रोल भरा, पाँच सौ रुपए चले गए।' कभी होटल में गए तो पति अपनी पत्नी से शिकायत करेगा, 'देखो, पाँच सौ रुपए गए ना! इससे अच्छा तो घर में खाना खाया होता।' कोई कहता है, 'केवल दो ड्रेस लिए और अठारह सौ रुपए गए।'

सबका ध्यान कहाँ होता है? दिनभर हम कुछ पैसे खर्च करते हैं, उसमें कुछ चीजें खरीदते हैं और सोचते हैं कि 'पैसे गए' लेकिन हम यह नहीं सोचते कि 'पैसे गए तो उससे क्या मिला?' जब भी आपने पैसे खर्च किए तो आपको कुछ न कुछ तो मिला ही। आपने पाँच सौ का पेट्रोल भरा, आपके पाँच सौ रुपए गए। यह सही बात है लेकिन पाँच सौ रुपए का पेट्रोल आया, एक जगह से दूसरी जगह जाने की आसान सुविधा मिली, इस बात पर हमारा ध्यान नहीं जाता। कपड़ों के लिए पैसे गए लेकिन उसके बदले में अच्छा ड्रेस मिला। परिवार के साथ कभी बाहर घूमने गए, खाना खाया तो जो खर्च हुआ उन पैसों के बदले में अच्छा खाना, परिवार की संतुष्टि, बच्चों का विश्वास मिला लेकिन हमारा ध्यान इस बात पर है कि 'मेरे पास से क्या गया?' आपका स्वसंवाद यह चल रहा है कि 'मेरे पास ये था, वह था, इतने पैसे थे, वो खर्च हो गए।'

हमारा ध्यान इस पहलू पर होना चाहिए कि हमारे पास क्या आया। इस विश्व में जब भी कोई चीज आप देते हैं तो उसके बदले में कुछ न कुछ आता भी है। हमारे पैसे मुफ्त में नहीं गए, बेकार नहीं गए। कुछ न कुछ तो आ ही रहा है।

पैसे तो आप खर्च करने ही वाले हैं। उसी के लिए तो आप कमा रहे हैं मगर आपका ध्यान 'क्या मिला, क्या आया', इस पर होना चाहिए। इसका अर्थ यह न समझें कि हमें फिजूल खर्ची करनी है या लापरवाह बनकर पैसे उड़ाने हैं। मध्यम मार्ग अपनाकर पैसे का इस्तेमाल* करना सीखना है। आपका स्वसंवाद पैसे को लेकर सही तरीके से चलेगा तो आपको आनंद और भविष्य का रास्ता मिलेगा। यदि स्वसंवाद उस बात का हो रहा है, जिस बात का आपको खेद हो रहा था तो आपको दुःख और भविष्य का बोझ मिलेगा। पैसे के बारे में सही स्वसंवाद शुरू होने से जिस घटना से आपको तकलीफ हो रही थी, उसमें आपको आनंद आना शुरू होगा।

हमें यह पता है कि आनंदित इंसान किसी को दुःखी नहीं कर सकता। जिसका स्वसंवाद आनंद की तरफ जा रहा है, वह हमेशा आनंद में ही रहेगा लेकिन जब

स्वसंवाद, 'क्या गया?' इस बात पर है तो दुःख होने ही वाला है। कोई किताब ली तो 'सौ रुपए गए', यह कहना अच्छा है या 'एक अच्छी किताब आई, ज्ञान मिला', यह कहना अच्छा है? डॉक्टर के पास गए तो 'इतने पैसे गए', यह कहना अच्छा है या 'मैं तंदुरुस्त हुआ, मुझे आरोग्य मिला', यह कहना अच्छा है? आपका स्वसंवाद हर बार कैसा होना चाहिए? आपका स्वसंवाद सदा सकारात्मक पहलू को लेकर चलना चाहिए। यही आर्थिक सफलता का राज है।

एक सज्जन के जब किसी जेबकतरे द्वारा पैसे निकाल दिए गए तब उसका सवाल यह था कि 'मैं मुंबई गया था। लोकल से सफर कर रहा था तो किसी ने मेरी पर्स चुरा ली। उसमें हजार रुपए थे। अब मेरे तो हजार रुपए गए ना..। इस घटना पर मेरा स्वसंवाद तो नकारात्मक ही होगा न!'

यह उदाहरण पढ़कर आपको क्या लगता है? क्या वह सही कह रहा था? इस घटना में पैसे गए और बदले में कुछ नहीं मिला, क्या यह सही है?

हम यह नहीं कह सकते कि 'पैसे गए लेकिन कुछ नहीं मिला'। आपको पैसे कहाँ रखने चाहिए और कहाँ नहीं रखने चाहिए, इस बात का एक अनुभव तो मिला ही, जीवन का एक कठोर सबक सीखने का मौका तो मिला ही !' पृथ्वी पर हम अनेक सबक सीखने के लिए आए हैं। कुछ सबक हमें यात्रा (ट्रेन) में धक्के खाकर मिलते हैं। धक्के खाकर, धक्के देने का गलत सबक कभी न सीखें। अपने स्वसंवाद को धक्के पर 'धन्यवाद' देना सिखाएँ।

'मैं सदा सही रहने' के तनाव को मुक्त करता हूँ, सही समय पर सही कार्य मुझसे सहजता से होते हैं।'

भाग छः

स्वसंवाद से अपने कार्य को व्यायाम बनाएँ

रचनात्मक कार्य में बहाने बाधा हैं

सुबह जल्दी उठकर अपने कार्य करना ठीक है, सुबह नींद से उठकर पहले प्रार्थना करना अच्छा है, सुबह नींद से उठकर दोबारा (सचमुच) उठना उत्तम है।

कई बार हमें लगता है कि जो भी घटनाएँ हो रही हैं, वे सभी को एक जैसी ही लगती हैं। उन घटनाओं को लोग एक ही तरीके से महसूस करते हैं मगर ऐसा नहीं है। एक ही घटना को लोग अलग-अलग तरीके से देखते हैं और महसूस करते हैं। उस घटना के बाद हर एक के अंदर अलग स्वसंवाद चलते हैं। इसी कारण चाहे घटना बाहर से एक जैसी क्यों न दिखे, उसका असर लोगों पर अलग-अलग होता है।

क्या आपने कभी किसी कुली को वजन उठाते हुए देखा है? जब वह वजन उठाता है तब उसके अंदर क्या संवाद चलते होंगे? वह जरूर मन ही मन यह कहता होगा कि 'मुझे लोगों का बोझ उठाना पड़ता है। लोग यात्रा में इतना सामान लेकर क्यों आते हैं? मेरा जीवन कितना कष्टदायक है।'

लेकिन हम किसी पहलवान को कसरत करते हुए देखते हैं, वजन उठाते हुए देखते हैं तब वह देखकर हमें क्या लगता है? वह भी तो वजन उठा रहा है मगर उसके अंदर कौन से संवाद चलते हैं? वह मन ही मन कहेगा तो यह कहेगा 'मुझे अपनी सेहत बनानी है... इस तरह से वजन उठाने से मेरी ताकत बढ़नेवाली है... मैं और भी ज्यादा वजन उठाऊँगा... मैं दुनिया का ज्यादा से ज्यादा वजन उठानेवाला पहलवान बनना चाहता हूँ।' इस तरह के नजरिए से जब पहलवान वजन उठाता है तब वह पहले से ज्यादा मजबूत होता जाता है।

कुली को जो काम बोझ लगता है, वही पहलवान को सेहत बनाने का साधन लगता है। हालाँकि दोनों का काम बाहर से एक जैसा दिख रहा है पर उसका असर दोनों पर अलग-अलग हो रहा है। उस काम के प्रति जो दोनों के स्वसंवाद चलते हैं, उस पर यह परिवर्तन निर्भर है। कुली जब अपने पसीने को देखता है तब वह सोचता है कि 'मैं पसीने की तरह अपना खून बहा रहा हूँ।' पहलवान जब पसीने को देखता है तो उसे लगता है कि 'मेरे हर पसीने की बूँद का रूपांतरण जरूर ताकत में हो रहा है। कल मैं और पसीना बहाऊँगा। वही मेरी ताकत बनेगा। यह तो मेरे काम की रसीद है।'

कुली के कपड़े भी उसकी कमजोरी की भाषा बोलते हैं। जहाँ पहलवान की पोशाक उसे हमेशा अपने शरीर के बल की याद दिलाती है। अगर हम गौर से देखें तो दोनों एक ही प्रकार का काम कर रहे हैं। सिर्फ फर्क है, उनके अंदर उस काम को लेकर जो स्वसंवाद चलते हैं, उसका। यही फर्क कुली की तरफ बीमारियों को आकर्षित करता है तो पहलवान की तरफ सेहत को। हम जरूर अपने आपसे काम करते वक्त सवाल पूछें कि 'जो भी काम हम कर रहे हैं वह कुली की तरह सोचकर कर रहे हैं या पहलवान की तरह सोचकर कर रहे हैं?' क्योंकि हमारा स्वसंवाद न सिर्फ हमारी शारीरिक उन्नति पर असर करता है बल्कि जीवन के हर क्षेत्र पर असर करता है, जैसे मानसिक, सामाजिक यहाँ तक कि आर्थिक उन्नति पर भी इसका असर होता है।

एक बार जूते बनानेवाले दो कंपनियों ने अपने दो लोगों को अफ्रीका भेजा। ये दो सेल्समैन उस कंपनी में मार्केटिंग डिपार्टमेंट में काम करते थे। उन दोनों को अफ्रीका में जाकर यह खोज करनी थी कि अफ्रीका में उनकी कंपनी को बढ़ने का कितना मौका है। कितने लोग उनकी कंपनी के जूते खरीद सकते हैं।

जैसे ही वे दोनों सेल्समैन अफ्रीका पहुँचे तो दोनों को यह देखकर बड़ा आश्चर्य हुआ कि अफ्रीका में कोई जूते ही नहीं खरीदता। जैसे ही पहले कंपनी के सेल्समैन को यह पता चला तो उसने तुरंत अपनी कंपनी में यह खबर पहुँचाई कि 'यहाँ कोई भी जूते नहीं पहनता। इन्हें तो जूते क्या होते हैं यह मालूम ही नहीं। कोई भी हमारी कंपनी के जूते नहीं खरीदेगा। मैं अगली गाड़ी से वापस आ रहा हूँ।'

दूसरे कंपनी के सेल्समैन ने भी अपनी कंपनी में खबर पहुँचाई। उसने यह खबर पहुँचाई कि 'यहाँ कोई भी जूते नहीं पहनता। इन्हें तो पता ही नहीं कि जूते क्या होते हैं। मैं इन्हें जूतों का महत्त्व समझा रहा हूँ। हर कोई हमारे जूते लेने के लिए तैयार है। कंपनी में जितने जूते तैयार हैं, वे यहाँ पर भेज दें और नए जूते बनाना शुरू करें। काम काफी बड़ा है शायद मुझे और ज्यादा दिन यहाँ रुकना पड़ेगा। आप मेरी मदद के लिए और लोगों को भेज दें।'

यहाँ सेल्समैन के साथ एक ही घटना हुई पर उस घटना के प्रति दोनों का प्रतिसाद न सिर्फ अलग था बल्कि एक-दूसरे के ठीक उलटा था। हमारे जीवन में भी जब कोई इस तरह की घटना हो जाए तो हम अपने आपको याद दिलाएँ कि 'हम घटना के स्थान से निकल जाएँ या वहीं रुककर उस घटना से फायदा लें।' कई बार तो लोग अच्छे बहाने देकर काम करना ही बंद कर देते हैं।

हम हमेशा कुछ लोगों को ऐसा कहते हुए सुनते हैं कि 'अगर ऐसा होता, अगर वैसा होता तो मैं कुछ कर पाता।' कुछ लोग यह भी कहते हैं कि 'मैं आज की तारीख में पैदा हुआ वरना तो मैं भी काफी बड़ी खोज करता था। अब तो खोजने के लिए कुछ बाकी ही नहीं रहा। आज-कल काम करने के लिए उतनी आज़ादी भी नहीं मिलती। अगर हम भी न्यूटन, एडीसन या जेम्स वॉट के जमाने में जन्म लेते तो जरूर उनकी तरह नया सोचते, नई-नई खोजें करते। अब आज के जमाने में खोजने के लिए क्या बाकी रह गया है?'

एक इंटीरियर डेकोरेटर ने बताया कि वह काफी सृजनशील (क्रिएटिव) है। वह नई-नई कल्पनाएँ दे सकता है पर वह काफी परेशान था। वह कह रहा था कि 'एक ही चीज को कितनी बार दोहराया जाए, इसकी भी कोई सीमा होनी चाहिए। मैंने एक इंसान को उनके घर के लिए करीबन सात नक्शे बनाकर दिखाए। जब भी नक्शा जाकर दिखाता था तब उनका हमेशा एक ही कहना होता था, 'मुझे इससे

और अलग चाहिए।' अब एक ही काम को कितनी बार अलग ढंग से करें। तंग आकर मैंने उनका काम ही छोड़ दिया।'

इस तरह की बातें करनेवालों को बताया जाना चाहिए कि 'आप अपनी तुलना पुराने वैज्ञानिकों के साथ करना बंद करें या तो पूर्ण रूप से उनकी तरह काम करना शुरू करें।' एडिसन के बारे में कहा जाता है कि जब उन्होंने १०,००० प्रयोग किए थे तब जाकर बिजली का आविष्कार हुआ और इतना ही नहीं जब उनसे किसी ने कहा कि आपके तो ९९९९ प्रयोग नाकामयाब रहे तब एडिसन ने बहुत सुंदर जवाब दिया। उन्होंने कहा, 'वे प्रयोग नाकामयाब कहाँ गए! मैं तो ९९९९ ऐसे मिश्रण जानता हूँ जिससे बिजली नहीं बनती। जैसे क्या करना है यह जानना सफलता है, वैसे ही क्या नहीं करना है, यह जानना भी एक प्रकार की सफलता है।'

शायद उनके इसी स्वसंवाद ने उन्हें इतने प्रयोग करने की प्रेरणा दी होगी। अगर उस इंटीरियर डेकोरेटर ने इनसे प्रेरणा ली होती तो ७ प्रयोग करके काम छोड़ने की बजाय उसने और प्रयोग किए होते। हमारे आजके इस युग में भी कई चीजों की खोज होनी बाकी है। हम भी इसी तरह प्रयोग करते रहें और प्रयोग करते वक्त अपना स्वसंवाद भी सकारात्मक रखें।

भाग सात

स्वसंवाद से कार्य की पूर्णता कैसे करें
एक असरदार कार्यप्रणाली

किसी भूखे को सब्जी मंडी का रास्ता दिखाना ठीक है,

किसी भूखे को रोटी खिलाना अच्छा है,

किसी भूखे को रोटी खिलाकर खेती करना सिखाना उत्तम है।

कई बार यह सुनने में आता है कि लोगों के अंदर गुणवत्ता और योग्यता है लेकिन फिर भी वे अपनी गुणवत्ता का उपयोग अपने जीवन में नहीं कर पाते। कई लोगों की यह दिक्कत होती है कि गुणवत्ता होने के बावजूद भी वे कार्यकुशल नहीं हो पाते। कुछ लोग बहुत कार्यकुशल होते हैं, उनकी कार्यक्षमता बहुत अच्छी होती है लेकिन कुछ लोगों की कार्यक्षमता कम दिखाई देती है।

कार्यक्षमता अच्छी या बुरी होने का मुख्य कारण है 'स्वसंवाद।' स्वसंवाद ही लोगों की कार्यक्षमता बढ़ाता है और कम भी करवाता है। इस बात को एक उदाहरण से समझें।

एक कंपनी में ऐसे दो लोग थे जिन्हें कंपनी के मैनेजर पोस्ट के लिए चुना गया। उनमें से एक का नाम था मिस्टर वेंधले, जो हमेशा कन्फ्युज रहा करते थे, हमेशा हड़बड़ाहट में काम किया

करते थे। दूसरे थे मिस्टर नेटके, जो हमेशा योग्य तरीके से, पूरी कार्यक्षमता अनुसार काम किया करते थे। उनके काम करने के ढंग में एक सिस्टम था। उनकी असरदार कार्यप्रणाली से उन्होंने कई सारी सफलताएँ प्राप्त की थीं।

कंपनी में दोनों की कार्यक्षमता और कार्य का परिणाम देखा गया। वे अच्छे हैं या बुरे हैं यह देखने से पहले वे किस तरह से काम करते हैं, यह देखा गया। मिस्टर वेंधले जब काम करते थे तब उनके सभी काम अधूरे रह जाते थे, उनके हर काम में गड़बड़ हुआ करती थी। जब वे किसी काम में लग जाते थे तो उसी में ही फँस जाते थे, उनके दूसरे काम वैसे ही रह जाते थे। हालाँकि वे जिस काम में लग जाते थे, वे काम बढ़िया हो जाते थे मगर बाकी काम वैसे ही रह जाते थे।

मिस्टर नेटके के साथ देखा गया तो वे अपने सभी कामों को अंजाम देते थे। हर काम वे सही समय पर पूर्ण करते थे। उनकी टाईम मैनेजमेंट (समय योजना) बहुत ही अच्छी हुआ करती थी। मिस्टर नेटके की और एक खूबी थी कि उनका स्टाफ उन पर बहुत खुश था।

मिस्टर वेंधले के साथ क्या होता था? हर काम के दौरान उनके स्टाफ में से दो-तीन लोग खुश होते थे और बाकी सारे नाराज होते थे लेकिन पहले दो-तीन लोग जो खुश होते थे, वे वापस नाराज हो जाते थे और पुराने जो नाराज रहते थे, वे फिर खुश हो जाते थे।

मिस्टर वेंधले खुद से यह शिकायत करते थे कि 'मैं जल्दी नहाता नहीं हूँ और नहाने के बाद इतनी गड़बड़ हो जाती है कि बैग में से निकाले हुए कुछ पेपर घर में ही रह जाते हैं और मैं वैसे ही ऑफिस पहुँच जाता हूँ। कई बार मैं मोबाईल साथ लेना भी भूल जाता हूँ। कई बार सीढ़ी उतरकर नीचे आने के बाद याद आता है कि चाभी ऊपर कमरे में ही रह गई है, फिर मैं भागते-भागते ऊपर जाता हूँ और चाभी लेकर नीचे आता हूँ।'

कंपनी ने इस बात का पता लगाया तो यह मजेदार समस्या सामने आई कि मिस्टर वेंधले जब सुबह उठते थे तब उनके मन में ये विचार चलते थे कि 'ऑफिस जाना है तो अब जल्दी नहाना पड़ेगा... अभी तो ब्रेकफास्ट करना बाकी है... बैग बनानी है ।' इस तरह वे अपने ही दिशाहीन स्वसंवाद में फँसते थे। उन्हें घर से ऑफिस में जाने के लिए नौ बजे निकलना पड़ता था तो वे आठ बजे से ही 'मुझे

ऑफिस जाना है.., बैग लेनी है..., फाईल भी देनी है..., इसने बुलाया है... उसने क्या किया है...?' इस प्रकार अपने ही स्वसंवाद में भटकते रहते थे। ऑफिस जाने के बाद 'मुझे आज यह काम करना है..., वह काम करना है... ।' इस प्रकार उनके अंदर स्वसंवाद चलता ही रहता था।

मिस्टर नेटके के साथ ठीक इसके विपरीत था। उनका स्वसंवाद सही दिशा में चलता था। दोनों के स्वसंवाद को जाँचा गया। मिस्टर वेंधले को प्रशिक्षण देने के लिए उन्हें खुद का स्वसंवाद बदलने के लिए कहा गया तथा मिस्टर नेटके की आदत और कार्यप्रणाली पर आठ दिन तक प्रयोग करने के लिए कहा गया कि 'जब भी आप कोई कार्य करें तब यह सोचें कि कौन सी चीज आपके लिए ज्यादा महत्वपूर्ण है?' यानी 'आप जब सुबह उठेंगे तो यह सोचें कि क्या मुझे नौ बजे घर से निकलना है? इससे पहले नहाना है तो तुरंत नहाने के लिए चले जाएँ। नहाने जाने से पहले अपना यह स्वसंवाद जगाएँ कि नहाने के दौरान मुझे कौन सी चीजें लगेंगी? टॉवेल, कपड़े जो भी आवश्यक हैं, वे चीजें पहले ही साथ में ले लें। नहाते समय, शेविंग करते समय, 'मुझे आज के दिन के हिसाब से किस तरह के कपड़े पहनने हैं', यह सोचें। मन में यह निर्णय लिए बिना आपको बाथरूम से बाहर नहीं आना है। कपड़े पहनते वक्त सोचें कि ऑफिस जाते समय मुझे कौन सी चीजें साथ में लेनी हैं? वे चीजें तुरंत बैग में डाल दें, फिर नाश्ता करने बैठें। नाश्ता करते समय अपने आपसे कहें कि 'मैं हर विचार को पूर्ण करूँगा।' अब सोचें कि ऑफिस में जाने के लिए मेरे पास तीन रास्ते हैं। एक रास्ता है 'ए', दूसरा रास्ता है 'बी' और तीसरा रास्ता है 'सी' तो मुझे कौन से रास्ते से जाना है? इनमें से कौन से रास्ते से मेरा काम जल्दी होनेवाला है? कौन से रास्ते में भीड़ कम होती है, यह अच्छी तरह से सोच लें और फिर अपनी जगह से उठें। इस तरह अपना हर कार्य पूर्ण करें।

ड्रायविंग करके जैसे ही आप ऑफिस में पहुँचेंगे तो पहले दस मिनट अपने आपको दें। दस मिनट तक किसी को अपनी केबिन में न आने दें। अब उस दस मिनट में यह सोचें कि 'आज मेरे तीन मुख्य काम कौन से हैं, जो मुझे पहले करने हैं?' ऐसे स्वसंवाद करें।

इस आठ दिन के प्रयोग के बाद ऐसा हुआ कि 'मैं यह करनेवाला हूँ, वह करनेवाला हूँ', इन विचारों में मिस्टर वेंधले का जो समय जाता था, वह रुक गया। स्वसंवाद अगर अपूर्ण है तो वह तकलीफ देता ही है। स्वसंवाद अगर पूर्ण है तो वह

आज़ादी देता है। कोई चीज जब तक अपने अंदर अपूर्ण है तब तक उसका समाधान अंतर्मन महसूस नहीं करता, जिससे आपको तकलीफ होती है। चाहे वह चीज किसी भी काम से संबंधित हो।

एक और कहानी है शर्माजी की, जो इसी बात को अलग ढंग से दर्शाती है। एक दिन मिस्टर शर्मा बहुत तकलीफ में थे। उनकी बीवी ने शाम को देखा कि शर्माजी का खाने में ध्यान नहीं है, टी.वी. देखने में ध्यान नहीं है। रात को उन्हें नींद भी नहीं आ रही थी, वे करवटें बदल रहे थे। यह देखकर उनकी बीवी ने उनसे पूछा, 'ऐसी कौन सी बात है, जो आपको तकलीफ दे रही है?' शर्माजी उठकर बैठे और बीवी को बोले, 'क्या बताऊँ? मुझे बहुत तकलीफ हो रही है। वर्माजी से मैंने कुछ पैसे उधार लिए थे और उनसे कहा था कि कल सुबह दस बजे आपको सारे पैसे लौटा दूँगा।' यह सुनकर उनकी बीवी झट से बोली 'तो क्या हुआ? लौटा दो!' शर्माजी बोले, 'कैसे लौटाऊँ? मेरे पास तो पैसे है ही नहीं। आज दोहपर को वर्माजी का यह कहने के लिए फोन आया था कि कल दस बजे पैसे लौटाने जरूर आओ, मैं तुम्हारा इंतजार करूँगा। उन्हें मैं 'नहीं' कहना चाहता था लेकिन मेरे मुँह से 'हाँ' निकल गया। अब कल सुबह उन्हें पैसे तो देने ही होंगे।'

शर्माजी बोल रहे थे और उनकी बीवी शांति से सुन रही थी। अचानक बीबी के चेहरे पर हास्य आ गया। हलकी सी मुस्कान के साथ उसने कहा, 'आप मुझे सिर्फ वर्माजी का फोन नंबर दो।'

शर्माजी ने अपनी बीवी को वर्माजी का फोन नंबर दिया। उनकी बीबी ने वर्माजी को फोन लगाया और शांति से बोलने लगी, 'मिस्टर वर्मा, मेरे पति ने आप से कहा था कि कल सुबह दस बजे वे आपको पैसे देनेवाले हैं लेकिन आज उनके पास इतने पैसे नहीं हैं। जब पैसे वापस लौटा सकेंगे तब वे आपको पहले बता देंगे, धन्यवाद !' इतना कहकर उसने फोन रख दिया।

अपनी बीवी की बातें शर्माजी सुन रहे थे। उन बातों को सुनकर शर्माजी खुश हो गएऔर बिस्तर पर शांति से सो गए। उन्हें गहरी नींद लग गई लेकिन दूसरी तरफ वर्माजी की नींद खराब हो गई। अब उनके अंदर स्वसंवाद शुरू होने लगे, 'अब वह मुझे पैसे नहीं देगा, मैं कैसे बहस करूँ? कैसे पैसों का इंतजाम करूँ?' अब यह हुआ कि एक का स्वसंवाद रुक गया, उसे पूर्णता मिली, उसकी तकलीफ

दूर हो गई और दूसरे का नकारात्मक स्वसंवाद शुरू हुआ। अब जब तक उसे पूर्णता नहीं मिलती तब तक उसका स्वसंवाद जारी ही रहेगा।

आप अपना स्वसंवाद पूर्ण करेंगे तो आपका काफी समय बचेगा और आपकी कार्यक्षमता बढ़ेगी। जब तक आपका नकारात्मक स्वसंवाद चल रहा है, आपको तकलीफ दे रहा है तब तक आपका ध्यान किसी काम में नहीं लगेगा, आप रिलैक्स (शांत) नहीं हो पाएँगे। कई लोगों के साथ दिनभर में यही होता है।

इस तरह मिस्टर वेंधले को आठ दिनों के प्रयोग में छोटी-छोटी बातों के स्वसंवाद पूर्ण करने की आदत लगी। जहाँ उनका स्वसंवाद एक घंटा चलता था कि 'मैं यह करूँ कि वह करूँ? उन्हें बताऊँ या नहीं बताऊँ?', वहाँ कुछ ही समय में संवाद पूर्ण होने लगा।

मिस्टर वेंधले ने जब पहले दस मिनटों पर सही प्रणाली से काम किया तो दिनभर उसके सारे निर्णय और कार्य सही होने लगे। उसका स्वसंवाद ऑर्गनाईज होना शुरू हुआ, अनुशासित और दिशायुक्त होना शुरू हुआ। मिस्टर वेंधले ने अपने आठ दिन के सारे काम कागज पर लिखे। मुख्य काम उन्होंने बोर्ड पर लिखकर रखे। किस समय, कौन सा काम करना है, नहाना, कपड़े पहनना, कौन से पेपर्स लेना इत्यादि पहले ही तय कर दिए। इस तरह उनके चालीस से पचास प्रतिशत बिना कारण चलनेवाले स्वसंवाद बंद हो गए। मिस्टर वेंधले, मिस्टर नेटके की तरह असरदार मैनेजर बन गए।

'मैं हर साँस के साथ जीवन की अच्छाइयाँ और कृपा सहजता से ग्रहण करता हूँ।'

भाग आठ

जेल में या खेल में

स्वसंवाद द्वारा नफरत से मुक्ति पाएँ

दुःख में आँसू बहाकर मन हलका करना ठीक है,
दूसरों के आँसू पोंछकर उन्हें हलका करना अच्छा है,
भक्ति के आँसुओं में मन नमन करना व दूसरों के लिए निमित्त बनना उत्तम है।

'कई सालों से एक घटना मुझे तकलीफ दे रही है। आज मैं आपको बताना चाहता हूँ।' तीस साल का अनिकेत नामक एक नौजवान मेरे सामने बैठा था, जिसके ये शब्द थे । चेहरे पर तकलीफ भी थी और शायद बताने का डर भी था।

'जो भी लगता है, खुलकर बताओ।' मैंने उससे कहा।

'सरश्री, १० साल हो गए होंगे इस घटना को।' धीरे से साँस लेते हुए अनिकेत ने बोलना शुरू किया। 'मेरे पिताजी की मौत के बाद मैंने जिन लोगों पर भरोसा किया, उन सभी ने मुझे बहुत तकलीफ दी। वैसे तो बाहर के लोगों के बारे में मुझे ज्यादा शिकायत नहीं है, वे तो बाहरवाले हैं।' बोलते-बोलते उसकी आँखों से आँसू बह रहे थे, 'पर मेरे अपने घरवालों ने मेरे साथ ऐसा बरताव किया है कि मैं उन्हें कभी माफ नहीं कर

सकता। जब मैं उन सभी को देखता हूँ तो मेरी तकलीफ और भी बढ़ जाती है। उन्हें देखकर कभी अपनी जान देने का विचार आता है तो कभी उनकी जान लेने का।' अपनी आँखें पोंछते हुए उसने बताया।

'सरश्री, १२ साल पहले मेरे पिताजी का देहान्त हो गया, मैं उस वक्त १७ साल का था। उस समय मैं शहर में पढ़ाई के लिए रहता था। पिताजी की अचानक मौत होने की वजह से मुझे उनका अंतिम दर्शन भी नहीं हो पाया। मुझे अपनी आगे की पढ़ाई के लिए दुबारा शहर जाना पड़ा। दो दिन गाँव में रहकर मैं दुबारा अपने कॉलेज पहुँचा। अब तो हमारे घर में हम सभी का सहारा हमारे बड़े भाई ही थे। मेरी पढ़ाई चल रही थी और बहन की शादी हो चुकी थी।'

'जब पिताजी की मृत्यु हुई तब मैं बारहवीं में था। मैंने खुद को सँभाला और अपने आपको याद दिलाया कि अच्छे मार्कस् पाकर पास होने का पिताजी का सपना पूरा करना है। वह सपना पूरा करने की आशा लेकर मैं दिल लगाकर पढ़ाई करने लगा। पढ़ाई बहुत अच्छी हुई। मैं बहुत अच्छे मार्कस् से पास हुआ। मुझे मेडिकल में ऐडमिशन मिल गया। फीस भरने के लिए एक सप्ताह मेरे पास था। खुशी से नाचते हुए मैं गाँव पहुँचा। माँ को 'मेरा बेटा डॉक्टर बनेगा' सुनकर बहुत खुशी हुई। बोलते-बोलते अनिकेत की आँखों में चमक आ गई थी।'

'बड़ा भाई भी खुश हुआ।' आगे उसने बोलना शुरू किया, 'रात को खाना खाने के बाद बड़े भाई से मैंने कहा, 'मुझे एक हफ्ते में मेडिकल की फीस के बारह हजार रुपए भरने हैं और होस्टल के तीन हजार' मेरे ये शब्द सुनते ही मेरे बड़े भाई का चेहरा बदल गया।

'इतने पैसे कहाँ से लाएँगे?' उसने झटके से कहा,' मेरे पास तो कुछ नहीं है।' इतना कहकर वह उठकर चला गया। फिर भी मैं शांत रहा।

दूसरे दिन मैंने भाभीजी के सामने बड़े भैय्या से पूछा, 'पिताजी के बाद जो जमीन हमें मिली है, क्या उसका आधा हिस्सा हम बेच सकते हैं? जब मैं डॉक्टर बन जाऊँगा तब यह जमीन वापस ले लेना हमें संभव होगा।' मेरी बातें सुनकर बड़ा भाई जोर-जोर से हँसने लगा।

'तुम्हारी जमीन! कौन सी जमीन?' भाई ने जोर से हँसते हुए पूछा।

'तुम अपने पैसे मत दो', मैंने भाई से कहा, 'लेकिन मुझे अपनी जमीन के कागजात तो दे दो, मैं वह बेचकर अपनी फीस भरूँगा।'

'जमीन? कैसी जमीन?' भाई ने चिल्लाते हुए कहा, 'तुम्हारे नाम पर अब कुछ नहीं है।' भाई ने मेरे सामने कुछ कागजात रखे और जोर से कहा, 'खुद ही पढ़ लो।'

मैंने कागजात की ओर नजर डाली तब मुझे अचानक याद आया कि पिताजी के देहान्त के दो महीने बाद बड़े भाई का फोन आया था और मुझे जल्दी गाँव बुलाया गया था। भाई ने बुलाया इसलिए मैं तुरंत गाँव गया। भाई ने कागज पर जहाँ भी कहा, वहाँ विश्वास रखकर मैंने हस्ताक्षर किए थे।

वह घटना मेरे जीवन में सबसे बड़ा सदमा थी सरश्री। मेरे सगे भाई ने मुझे फँसाकर मेरी सारी जमीन अपने नाम कर ली थी। मेरे भाई ने ही मुझसे इतना बड़ा धोखा किया था। मैं यह सदमा बरदाश्त नहीं कर सका, मैं सीधा नदी के किनारे जा बैठा और अचानक जान देने का खयाल मेरे मन में आया लेकिन मन में धीरज रखकर मैं वापस घर आ गया।

शाम को मैं फिर भाई के पास गया और उससे कहा, 'तुम सब कुछ रख लो लेकिन मुझे पढ़ाई के लिए उधार पैसे दे दो। मैं तुम्हें तुम्हारा पैसा वापस लौटा दूँगा।'

भाई ने कुछ जवाब ही नहीं दिया और वह सीधा अपने कमरे में चला गया लेकिन मुझे उसका जवाब मिल गया था। क्या समझना था, वह मैं समझ गया। मुझे पता चल गया कि इस पत्थर के सामने बात करना बेकार है। मैं सारी रात रोते-रोते पिताजी को याद करता रहा।

फिर मैंने कुछ निश्चय किया। दूसरे दिन सीधा शहर पहुँचा और अपने टीचर को सारी घटना बताई और उनसे बिनती भी की 'अगर वह मेरी मदद करेंगे तो मैं हमेशा उनका आभारी रहूँगा। जैसे ही संभव होगा मैं जल्द से जल्द उनके पैसे लौटा दूँगा।'

लेकिन वहाँ भी मेरा नसीब साथ नहीं दे रहा था। टीचर ने मेरी परवाह किए बिना सहजता से कह दिया, 'मैं कुछ नहीं कर सकता पैसे नहीं हैं तो तुम्हें निकालने के अलावा मेरे पास कोई चारा नहीं है' और उन्होंने मेरी फाइल पर हस्ताक्षर कर दिए।

इन दो हस्ताक्षरों ने मेरा पूरा जीवन ही बरबाद कर दिया।

मैं अपने पिताजी के सपने को अपनी आँखों के सामने टूटते हुए देख रहा था मगर मैं भी क्या करता? उसके बाद बीती हुई बातों को भुलाकर मैंने दूसरे शहर जाकर छोटा सा कारोबार शुरू किया। वह कारोबार काफी अच्छा चला। उसमें मुझे बहुत सफलता मिली। मेरी मेहनत की वजह से मैं कम समय में अच्छा धन जुटाने लगा। मेरा जीवन तो अब स्थिर हो गया है।

अब तो मैं समाधान और सुख की नींद ले रहा हूँ लेकिन मेरा जो नुकसान मेरे भाई ने किया है, उसे मैं भुला नहीं पा रहा हूँ। मैं जब इन दिनों गाँव गया था तब सभी पिछली बातें भूलकर मैंने भाई को मदद भी की और उसे कुछ पैसे भी दिए मगर मैं वह दिन, वह समय, वह जगह, वह वक्त नहीं भुला पा रहा हूँ।

अब सब कुछ ठीक चल रहा है पर जब भी मैं हमारे घर के सामने जो डॉक्टर है, उन्हें देखता हूँ तो मुझे बहुत तकलीफ होती है। मुझे वे सारी घटनाएँ याद आती हैं। मेरे भाई ने कैसे जायदाद पर कब्जा कर लिया, यह याद आते ही आज भी कभी-कभी रात-रात भर मेरी नींद उड़ जाती है।

ऐसा क्यों होता है? आप ही बताइए, मैं क्या करूँ? अगर मेरे मन में ऐसे ही विचार चलते रहे तो मैं पागल हो जाऊँगा। अब तो मैंने नींद की गोलियाँ भी लेनी शुरू की हैं। मुझे यह सोचकर हमेशा तकलीफ होती है कि मैं पिताजी के सपने को पूरा नहीं कर पाया। उस वक्त अगर मेरे भाई ने और मेरे टीचर ने मुझे मदद की होती तो आज मैं कहाँ पर पहुँचता था, मैं कितने आनंद में होता था। यह जो कुछ भी मेरे साथ हुआ है, उसमें मेरी क्या गलती थी? क्यों मैं यह सजा भुगत रहा हूँ?

इतना कहकर अनिकेत की दोनों आँखों से आँसू बहने लगे। चेहरा गुस्से और दुःख से भरा हुआ था।

मैंने उसके कंधे पर थपथपाते हुए कहा, 'तुम्हारे साथ तो काफी बुरा हुआ है। किसी को भी अपने भाई के साथ ऐसा व्यवहार नहीं करना चाहिए। वैसे तो तुम्हारा सवाल भी सही है क्योंकि इसमें तुम्हारी कोई गलती नहीं है पर मुझे यह बताओ, तुम कैसा जीवन चाहते हो **'जेल में या खेल में?'**

अनिकेत आश्चर्य से मेरी तरफ देखने लगा। मैंने अपनी एक किताब निकाली,

जिसमें कई सारी कहानियाँ लिखी हैं। उनमें से एक कहानी की तरफ इशारा करते हुए कहा,

'पहले यह पढ़ो, फिर आगे बात करते हैं।'

'सरश्री, जेल और खेल क्या है?' कहानी की ओर देखकर अनिकेत ने पूछा।

'पहले कहानी तो पढ़ो, बाद में सब समझ जाओगे', मैंने हँसकर कहा।

कहानी कुछ इस प्रकार की थी, मनजीत और राकेश नामक दो मित्र रास्ते में मिले। राकेश ने जोर से मनजीत को पुकारा,

'अरे मनजीत, यहाँ कैसे?' मनजीत ने भी उसे चौंककर देखा।

'अरे राकेश तुम यहाँ कैसे?

दोनों ने एक-दूसरे को देखा और खुशी से गले मिले।

'मैं यहीं पर रहता हूँ, चलो घर चलकर बातें करते हैं', राकेश ने कहा।

मनजीत के हाँ कहते ही दोनों ने घर की तरफ चलना शुरू किया। मनजीत ने राकेश से पूरी पूछताछ की।

'मनजीत, मुझे तो तुम्हारी याद रोज आती है।'

'अच्छा! वह कैसे?' राकेश ने पूछा।

'क्या मनजीत, तू भूल गया! मुझे वह हर दिन याद है, जब हम दोनों जेल में थे।'

'अरे हाँ। हम जेल में भी साथ थे। वो तो मैं वाकई भूल गया था।' मनजीत ने सहजता से कहा।

'तुम कैसे भूल गए?' अब राकेश के चेहरे पर परेशानी थी। 'मुझे तो वह हर दिन याद है। ग्यारह साल पहले जब युद्ध हुआ तब हम दोनों पकड़े गए थे। पाकिस्तान में हमें बहुत तकलीफ हुई, पाकिस्तानी जेल में हमें आधा पेट भूखा रखा गया। खाना मिला तो जली रोटी का। एक बार तो तुझे बिना कारण तीन दिन भूखा रखा गया था। हमसे सूखे हुए तालाब में मिट्टी भरवाई गई। उसका हॉकी स्टेडियम बनवाया गया। बिना वजह कई बार गंदी गालियाँ सुननी पड़ीं, मार खानी पड़ी। मुझे

तो हर दिन याद है।' बताते समय राकेश की आँखों में तकलीफ साफ दिखाई दे रही थी।

'अरे हाँ, जेल में तो यह सब हुआ था।'

'मनजीत, इतनी जल्दी तुम कैसे भूल सकते हो?' राकेश को जैसे बिजली का झटका लगा था। 'मुझे तो हर दिन याद है। हमने जो ग्राऊंड बनवाया, उसी पर बाद में हमसे दस-दस चक्कर लगवाते थे। नर्क इससे अलग हो ही नहीं सकता।'

'राकेश, अभी भी तुम्हें इतना सब कुछ याद है?' मनजीत के शब्दों में आश्चर्य था।

'हाँ, मुझे अभी भी सब कुछ याद है।' बोलते-बोलते राकेश की आँखें आकाश में कहीं खो गईं। 'मैं रोज रात जब सोने के लिए अपने बिस्तर पर जाता हूँ तो मुझे वहाँ की कंबल और वह सख्त जमीन याद आती है। आज भी मुझे वही चुभन होती है। मेरे लिए तो इन दो सालों में एक पल भी ऐसा नहीं था जब मैं उन यादों से अलग था। मुझे तो वह जेलर और उसके सिपाही अच्छे तरीके से दिखाई देते हैं। मुझे तो सपने में भी जेल के ही खयाल आते रहते हैं।'

'**इसका अर्थ तुम अभी भी जेल में ही हो**,' मनजीत ने शांति से कहा।

'तुम भले ही शारीरिक तौर से जेल से बाहर आए हो पर तुम्हारा मन तो अभी भी वहीं पर है। तुम अभी तक वही पीड़ा भुगत रहे हो। तुम्हारी सजा अभी भी चल रही है। उन्होंने तो सिर्फ एक ही साल की सजा दी थी, उसके बाद मैं तो बाहर आया लेकिन तुम मानसिक दृष्टि से अभी भी उसी जेल में हो और जब तक तुम्हारे मन में ये विचार हैं तब तक तुम वह सजा भुगतनेवाले हो।'

यह कहानी पूरी होते ही अनिकेत ने अपनी आँखें बंद कर लीं।

उसका चेहरा शांत हो चुका था। उसी शांति से उसने आँखें खोलीं और मुस्कराते हुए कहा,

'सरश्री, मैं समझ गया... मुझे मेरा जवाब मिल गया।' अनिकेत की आँखों में समस्या के समाधान का आनंद था।

'सरश्री, बहुत-बहुत धन्यवाद ! आज यह कहानी पढ़कर ही मैं आज़ादी महसूस कर रहा हूँ। सरश्री, आज तक मैं राकेश की तरह ही जी रहा था पर अब मैं मनजीत की तरह जीवन जीऊँगा। मैं अब जेल में नहीं रहूँगा। मुझे अब पता चला है कि मेरे दुःखों का कारण वे लोग नहीं, मैं खुद ही था। आज के बाद घटना होते ही मैं अपने आपसे यह सवाल पूछूँगा, जो आपने मुझसे शुरुआत में पूछा था, **'जेल में या खेल में।'** सरश्री, यह सवाल नहीं यह तो मेरे लिए आज़ादी का मंत्र हो गया है।'

हमारा स्वसंवाद ही हमें जेल में लेकर जाता है लेकिन वही स्वसंवाद आपको जेल से बाहर भी ला सकता है। जिस क्षण से स्वसंवाद का उपयोग समझ में आएगा उस क्षण से जेल में रहनेवाला कैदी भी जेल से बाहर आ जाएगा लेकिन यदि नहीं समझा तो जेल में डालनेवाला जज भी खुद अपने ही जेल में चला जाएगा।

'प्यार जीवन को रोगमुक्त करता है। मैं सबसे प्यार करता हूँ।
मैं सबको माफ करता हूँ। सब मुझे क्षमा करते हैं।
मैं ईश्वर का बच्चा हूँ।'

बुद्धि अगर हृदय के
साथ जुड़ती है तो
विवेक बनता है और
जब तोलू मन के साथ जुड़ती है
तब अहंकार बनता है इसलिए
बुद्धि हमेशा
हृदय के साथ जुड़े।
हृदय यानी हमारा
केंद्रस्थान, तेजस्थान।

कुदरत द्वारा मौन में स्वसंवाद का जादू कैसे काम करे

मौन को जान पाना उत्तम जीवन का जंक्शन है।
इस जंक्शन के बाद ही अभिव्यक्ति की नई पटरी निकलती है।
बिना मौन के जंक्शन पर पहुँचे इंसान केवल काम ही काम करता है। मौन के जंक्शन के बाद इंसान कभी काम नहीं करता क्योंकि उसका काम अभिव्यक्ति, भक्ति और सेवा बन जाता है।

भाग एक

स्वसंवाद सेल्फ रिपोर्टिंग है

स्वयं को सही खबर कैसे दें

काम के बाद
कुछ आराम
करना ठीक है,
काम के बाद
कुछ ध्यान
करना अच्छा है,
काम के बाद
'किसने काम
किया?' यह
पूछना उत्तम है।

आज तक किसी ने आपकी क्रिया पर आपको नकारात्मक प्रतिसाद दिया तो आप उस इंसान के लिए यही कहते हैं कि 'ये इंसान मुझे दुःखी करता है और मेरी भावनाओं को दुःख पहुँचाता है' मगर आज के बाद आपको ऐसा नहीं कहना है। दुनिया आपके बारे में जो कह रही है वह महत्वपूर्ण नहीं है। सबसे महत्वपूर्ण यह है कि आप अपने बारे में भीतर क्या कहते हैं? आप अपने आपको इस बात की जानकारी दें कि 'मैं स्वयं को अपने बारे में क्या बता रहा/रही हूँ?' इस तरह आप स्वयं को अपनी रिपोर्ट (खबर) दें।

अगर सुबह से लेकर रात तक किसी ने आपको दुःखी किया, आपको ऐसा प्रतिसाद दिया जिससे आपको बुरा लगा तो आप अपने आपसे स्वसंवाद करते हैं, 'इस इंसान ने मेरा दिन खराब कर दिया, खुद बिना बताए कमरे से चला गया और मुझे नाराज कर दिया' लेकिन अब आपको

ऐसा नहीं कहना है। जब भी ऐसी (आपको दुःख पहुँचानेवाली) घटना आपके साथ हो तो ऐसे समय में आपको अपने आपसे कहना है, 'रिपोर्टिंग बदल दो।' यह तकनीक बहुत महत्वपूर्ण है और इसे ही 'सेल्फ रिपोर्टिंग (स्वयं को खबर देना)' कहा गया है।

अपने आपको कैसे खबर देनी है, इसे समझें। जब भी सामनेवाला इंसान आपको दुःख पहुँचाए तब आप अपने आपसे कहें, 'सामनेवाले के इस प्रतिसाद से मैंने अपने आपको दुःखी होने दिया।' जैसे आप अपने मित्र के साथ अपने कमरे में बैठे हैं और वह आपको बिना बताए उस कमरे से बाहर चला जाता है तो आप उससे नाराज हो जाते हैं। उस वक्त आप अपने आपसे कहें, 'मेरा मित्र कमरे से चला गया इसलिए मैंने अपने आपको नाराज होने दिया। मित्र पर गुस्से की वजह से मैंने अपना दिन खराब होने दिया। इस गुस्से की वजह से मैं अपना दिन खराब कर रहा/रही हूँ।'

इस तरह से स्वयं को खबर (सेल्फ रिपोर्टिंग) देने से आपको अपने जीवन में आश्चर्य देखने के लिए मिलेंगे। आपके जीवन में छोटे कारणों से दुःख होना बंद हो जाएगा। इस प्रयोग से आगे चलकर बड़ी घटना में भी आपको थोड़ा सा भी दुःख नहीं होगा। बीमारी में कभी दर्द होगा लेकिन आपको दर्द का दुःख नहीं होगा। इसे कहते हैं 'उत्तम जीवन'। जैसे ही आप स्वसंवाद (सेल्फ रिपोर्टिंग) बदल देते हैं वैसे ही आपका दुःख खत्म हो जाता है। किसी घटना की वजह से पहले आपको दुःख होता था मगर सेल्फ रिपोर्टिंग बदलने की वजह से अब आपको दुःख नहीं होगा। कोई भी घटना आपके मन मुताबिक नहीं हो रही है, फिर भी आप देखेंगे कि आपको दुःख नहीं हो रहा है। इससे आपको आश्चर्य होगा। 'मैं दुःखी हूँ' यह आपको कभी भी नहीं कहना है। हमेशा यह कहें, 'मैं अपने आपको दुःखी होने दे रहा हूँ, मैं अपने आपको बोर होने दे रहा हूँ वरना किसकी इतनी हिम्मत है कि मुझे दुःखी करे।' अगर आपने स्वसंवाद बदल दिया, सेल्फ रिपोर्टिंग को विपरीत कर दिया तो आपको अचंभा होगा कि आपको कोई दुःखी नहीं कर पा रहा है।

छड़ियाँ और पत्थर आपकी हड्डियाँ तोड़ सकते हैं मगर शब्द कभी भी आपकी हड्डियाँ नहीं तोड़ सकते। लोग दूसरों के द्वारा मिली हुई निंदा, अपशब्द सुनकर बड़े दुःखी हो जाते हैं। यदि वे इस तरह स्वसंवाद करें कि 'छड़ियाँ और पत्थर मेरी हड्डियाँ तोड़ सकते हैं मगर शब्द कभी भी मेरी हड्डियाँ नहीं तोड़ सकते। लोगों के द्वारा अपनी निंदा सुनकर मैं अपने आपको दुःखी होने दे रहा हूँ।' इस तरह स्वसंवाद, सेल्फ रिपोर्टिंग करें। जब आप इस तरह सेल्फ रिपोर्टिंग करते हैं तब आप अपने दुःख के जिम्मेदार बनते हैं। जब आप अपने दुःख के जिम्मेदार बनते हैं तब आप दूसरों

की शिकायत करना बंद करते हैं। जब आप अपने आपको दुःखी होने दे सकते हैं तो आप अपने आपको आनंदित भी होने दे सकते हैं। इस तरह एक नई समझ का जन्म होगा। आप सदा आनंदित रहने का संकल्प कर पाएँगे। उत्तम जीवन के लिए यह पाँचवाँ कदम अति आवश्यक है।

पुराने शब्दों के जाल से मुक्त हो जाएँ, नए शब्दों और नए तरीके से स्वसंवाद करें वरना जो प्रतिसाद आपको लोगों से मिलता है, उससे आप जल्दी दुःखी हो जाते हैं और कहते हैं, 'मैं निराश हूँ।' अब आप इस स्वसंवाद (खबर) को बदलकर अपने आपसे कहेंगे, 'मैं अपने आपको निराश होने दे रहा हूँ।' ऐसा कहने पर आप निराश नहीं होंगे और आप नई आशा का दीप जलाएँगे। जब आप बोर हो रहे हैं तब यह बिलकुल न कहें कि 'मैं बोर हो रहा हूँ' आपका स्वसंवाद इस तरह होना चाहिए, 'मैं अपने आपको वातावरण की वजह से बोर होने दे रहा हूँ' या 'मैं लक्ष्य न होने की वजह से अपने आपको बोर होने दे रहा हूँ।' यह रिपोर्टिंग आपको नई समझ प्रदान करेगी।

अगर आज से ही आप ऐसा करके देखेंगे तो आपके जीवन में आपको कभी भी दुःख, दुःखी नहीं करेगा और निराशा, निराश नहीं करेगी। जब भी आपको दुःख या निराशा आए तो उस वक्त आप अपने स्वसंवाद को जाँचकर देखें कि वाकई आप दुःखी या निराश हैं या आप अपने आपको निराश होने दे रहे हैं।

स्वसंवाद बदलते ही आपको आनंद मिलेगा क्योंकि 'मैं खुद को दुःखी होने दे रहा हूँ।' ऐसा कहने से आपकी निराशा और नाराजगी खत्म हो जाती है। इस तरह आपके जीवन में आनेवाली हर कठिनाई में आप अपना स्वसंवाद बदलें। आपको स्व सुसंवादी, रिपोर्टर बनना है और हर रोज अपने स्वयं की रिपोर्ट स्वयं को ही देनी है। आपको गुड न्यूज रिपोर्टर बनना है। अगर आप अपने लिए अच्छे रिपोर्टर बनेंगे तो दूसरों के लिए भी अच्छे रिपोर्टर बन पाएँगे।

ऊपर दिए गए अनेक उदाहरणों से अब आप स्वसंवाद (सेल्फ टॉक, सेल्फ रिपोर्टिंग) की कला सीख चुके हैं। अब हर दिन स्वसंवाद करने की ठान लें। स्वसंवाद का जादू आपके जीवन को उत्तम बना देगा।

'जीवन को मेरी परवाह है, यह मैं जानता हूँ।'

भाग दो

दुःख का अनुभव स्वसंवाद द्वारा आनंद में बदलें

अभी और यहीं

बुरे मित्रों से बचना ठीक है (सामान्य बुद्धि है),

अच्छे मित्रों के संग रहना अच्छा है (समझदारी है),

अच्छा मित्र बनना, तेजमित्र बनाना उत्तम है।

हर पल, हर दिन आपके चारों तरफ घटनाएँ हो रही हैं। उन घटनाओं में या उन घटनाओं के बाद आपको अच्छा महसूस (अनुभव) होता है या तो बुरा महसूस होता है।

हम सब अपने अंदर अच्छी भावना महसूस करना चाहते हैं। अब प्रश्न यह उठता है कि हर दिन, हर घटना में हम अच्छा कैसे महसूस करें? तो आइए, इस पर कुछ काम करें और इस बात पर कुछ प्रकाश डालें जिससे आपका जीवन उत्तम बन जाएगा और आपका दृष्टिकोण बदल जाएगा।

अपने आपसे सवाल पूछें कि जीवन में अच्छी-बुरी घटना हो जाने के बाद आपको जो अच्छा लगता है या बुरा महसूस होता है, वह कहाँ महसूस होता है? आपके शरीर के अंदर या आपके पड़ोसी के शरीर के अंदर? यदि वह

महसूस होना आपके पड़ोसी के शरीर के अंदर है तो आप कुछ नहीं कर सकते। यदि बुरा महसूस होना आपके शरीर के अंदर चल रहा है तो उसका जिम्मेदार कौन है? यदि उस भावना को बदलना है तो उसे कौन आकर बदलेगा? भारत का प्रधान मंत्री? या आप खुद?

जब ऊपर दिए गए सवाल आप अपने आपसे पूछेंगे तब आपको इस बात का ज्ञान होगा कि :

१) हर भावना हम अपने शरीर के अंदर महसूस करते हैं।

२) उस अनुभव (भावना) को महसूस करने के जिम्मेदार हम खुद हैं, न कि यह दुनिया या हमारे पड़ोसी।

३) यदि बुरे अनुभव (फीलिंग्स) को बदलना है तो यह कोई और आकर नहीं करेगा बल्कि आपको ही करना है।

४) यदि हम यह सब समझ चुके हैं तो इस वक्त हम कैसा महसूस कर रहे हैं? क्या वही महसूस कर रहे हैं, जो महसूस करना चाहते हैं या कुछ और?

५) यदि आप बुरा महसूस कर रहे हैं तो क्या उसे बदलने को तैयार हैं? 'हाँ !'

६) यदि हाँ तो उसे कब बदलेंगे? 'अभी और यहीं (क्शीश । छ्रे) ।'

७) उसे कैसे बदलेंगे? 'स्वसंवाद बदलकर।'

हमें अपना अनुभव (भावना) बदलने में समय नहीं लगता। आप चाहें तो बुरे अनुभवों को तुरंत बदल सकते हैं, जिससे आपका स्वसंवाद स्व सुसंवाद बन जाएगा। यदि हम अपने दुःख की भावना का कारण किसी और को समझ बैठे हैं तो यकीन मानें आप कभी भी खुश नहीं हो सकते हैं, कारण हर इंसान का दृष्टिकोण और वैचारिक ढाँचा अलग है।

आज के बाद हर वक्त, हर घटना में आप अपने आपसे यह सवाल पूछें कि 'इस वक्त मैं कैसा महसूस कर रहा हूँ?' यदि बुरा महसूस कर रहा हूँ तो इसका जिम्मेदार कौन है? कौन इसे बदलेगा? कब और कैसे? तब आप देखेंगे कि आप स्वसंवाद बदलकर आनंदित महसूस कर रहे हैं और उसके जिम्मेदार भी आप खुद होंगे।

आइए, अब देखें कि कैसे वैचारिक दुनिया का ढाँचा हर एक के अंदर अलग-अलग तरह से काम करता है। विश्व में जितने लोग हैं, उतनी ही अलग-अलग दुनिया होती है क्योंकि हर इंसान इस दुनिया को अपने दृष्टिकोण से देखता है। हर इंसान का दृष्टिकोण उसके दिमाग में एक ढाँचा (वैचारिक पैटर्न, नक्शा) तैयार करता है। यही ढाँचा सुख-दुःख का कारण बनता है। अपनी दुनिया के ढाँचे से हर एक सही है यानी किसी के भी द्वारा जो कहा जा रहा है, वह उसकी समझ के अनुसार सही कहा जा रहा है। हर एक अपने जीवन का, अपनी दुनिया का, एक ढाँचा (नक्शा) अपने दिमाग में रखता है और उस आधार पर वह कुछ कहता है और करता है। सामनेवाले को लगता है कि वह गलत कह रहा है, गलत कर रहा है मगर जब हमें उसका अर्थ समझ में आता है कि उसने ऐसा क्यों कहा और क्यों किया तब उसकी बात हमें समझ में आती है और हमारी आपस की गलतफहमी दूर होती है।

अपने वैचारिक पैटर्न अनुसार हर एक सही है

हर इंसान अपना एक अस्तित्त्व और अपनी एक दुनिया रखता है। उसकी दुनिया का एक अलग ढाँचा है, उस ढाँचे से वह देखता है मगर हमें उसका वह ढाँचा दिखाई नहीं देता। हमें लगता है कि 'यह ऐसा क्यों बोल रहा है?'... 'यह इंसान ऐसा क्यों करता है?'... 'यह इतना डरपोक क्यों है?' मगर आज के बाद **हमें यह नहीं देखना है कि सामनेवाला कैसे गलत है, हमें यह देखना है कि सामनेवाला कैसे सही है।** हर एक सही है, फिर वह कोई भी हो, कोई अपराधी ही क्यों न हो क्योंकि उसकी दुनिया का भी एक ढाँचा (मॉडल) है। वह अपने वैचारिक ढाँचे अनुसार देख रहा है। इसे उदाहरण से समझेंगे जिससे लोगों के साथ हमारे संबंध ठीक होने लगेंगे।

उदा. टेरेस पर जब हम शाम को टहलते हैं तो बहुत सारे पक्षी दिखाई देते हैं, बादल होते हैं, सूरज डूबता हुआ दिखाई देता है, ऐसा बहुत कुछ हम देखते हैं। यह आप देख रहे हैं। क्या आपने यह सोचा है कि पक्षी कैसे देख रहे होंगे? आसमान में जो पक्षी उड़ रहे हैं, वे नीचे किस तरह देख रहे होंगे? यह आप उनके अंदर जाकर देखें। उन्हें दुनिया किस तरह दिखाई देती है और यदि वहाँ सोचने की शक्ति होती तो वे क्या सोचते? जब हम इन पक्षियों को देखते हैं तो हम क्या सोच सकते हैं? हम यह सोच सकते हैं कि हम तो आसमान की तरफ देखते हैं, तारे देखते हैं, चाँद देखते हैं और पक्षी अगर इस तरह उड़ते होते कि उनका मुँह आसमान की तरफ होता तो उन्हें भी वैसा ही दिखाई देता, जैसे हम आसमान को देख रहे हैं मगर अभी वे वैसे

नहीं देख रहे हैं, जैसे हम देख रहे हैं। उन्हें हम कैसे दिखाई दे रहे होंगे? पक्षी क्या सोचते यदि वे सोच सकते? 'ये लोग बड़ी-बड़ी इमारतें बनाते हैं मगर चलते जमीन पर ही हैं... उन्हें टेरेस पर चलना चाहिए, अगर इन्होंने इमारतें बनाई हैं तो क्यों बनाई हैं?'

पक्षियों की दुनिया से नीचे देखेंगे तो हम उनकी बात समझ पाएँगे। पक्षी यदि अपना दृष्टिकोण आपको बता पाते तो वे कहते, 'लोग जमीन पर उलटा टहल रहे हैं, अगर उन्होंने बिल्डिंगें बनाई तो कम से कम टेरेस पर टहलते, इतना विकास कर लिया, इतनी तरक्की कर ली फिर भी जमीन पर टहल रहे हैं। इंसान को बंद डिब्बों (बिल्डिंगों, घरों) के अंदर बंद होकर नहीं बैठना चाहिए। कुछ ही बच्चे समय निकालकर कभी-कभी छत पर आ जाते हैं, जो आसमान को देखना चाहते हैं।' यह तो वे पक्षी देख रहे हैं, वे भी सही देख रहे हैं। इंसान पक्षियों के बारे में जो सोच रहा है, वह अपने दृष्टिकोण से सही सोच रहा है। हर इंसान अपने वैचारिक ढाँचे अनुसार सही है।

हमने जीवन को आज तक कैसे देखा है? अपने वैचारिक ढाँचे के हिसाब से देखा है। हम जब तक ढाँचों में देखते रहेंगे तब तक हमें उत्तम जीवन नहीं मिलेगा। आज अगर आप दो लोगों का वैचारिक ढाँचा देखें जो वे दुनिया के बारे में सोचते हैं तो वह अलग-अलग होगा। सबकी अपनी-अपनी दुनिया है, अपने-अपने सपने हैं। एक ही ऐसी अवस्था (सेल्फ रियलाईजेशन) है, जहाँ कुछ लोगों के वैचारिक ढाँचे एक जैसे हो जाते हैं क्योंकि पुराने सारे ढाँचे गिर जाते हैं। वे सीमित (लिमिटेड) से असीमित (अनलिमिटेड) व भूत-भविष्य से निकलकर वर्तमान में स्थापित हो जाते हैं।

अपना वैचारिक ढाँचा तोड़ें

वर्तमान में जो चल रहा है, वह सत्य है। जो हो चुका है वह याददाश्त में है। जो होनेवाला है, वह कल्पना में है। सत्य अभी है - इसी सत्य से यात्रा शुरू करें तो उत्तम अवस्था तक पहुँच सकते हैं। उस उत्तम अवस्था तक पहुँचने के लिए हम सही मायने में देखना शुरू करें, ईमानदारी से और कपट मुक्त होकर अपने साथ स्वसंवाद करें।

यह पहली शर्त होती है कि इंसान अपने साथ कपट मुक्त होकर संवाद करे,

अपने आपसे अपना सत्य छिपाए नहीं। अपने आपसे कहें, **'मेरी दुनिया के ढाँचे अनुसार यह मुझे गलत लग रहा है, क्या वाकई यह गलत है या मेरी विचारधारा मुझे ऐसा दिखाती है?'** जब आप ईमानदारी से, अपने आपसे सवाल पूछेंगे तो सही जवाब आपको अपने अंदर से ही मिलेंगे।

एक इंसान कहीं जा रहा था, वह नकारात्मक स्वसंवाद का आदी था। उसके चारों तरफ जो लोग दिखाई दे रहे थे, वे उसे शैतान द्वारा भेजे गए लोग लग रहे थे। उसे ऐसा अपने स्वसंवाद द्वारा लग रहा था। लोग अपनी एक दुनिया लेकर चलते हैं और कहते हैं कि 'मैं रास्ते से जा रहा था, फलाँ इंसान ने मेरी तरफ इस-इस तरह देखा तो जरूर वह मेरे बारे में यह-यह (बुरा) सोच रहा होगा।' इस तरह वह एक काल्पनिक कहानी गढ़ता है और उस कहानी के आधार पर वह जीता है। एक दिन उसे पता चलता है कि उसकी एक भी बात सत्य नहीं थी। उसने बचपन से लेकर बुढ़ापे तक जो भी कहानियाँ बनाई, जो भी स्वसंवाद किया, उनमें से एक भी सही नहीं था। अंत में उसकी सब कहानियाँ गलत साबित होती हैं।

यह इंसान क्यों डर रहा था? क्योंकि इस इंसान ने यह सोचकर रखा था कि 'चारों तरफ जो लोग हैं वे असुरी और राक्षसी वृत्ति के हैं।' उसके वैचारिक ढाँचे अनुसार उसे ऐसा लग रहा था इसलिए वह डरा-डरा सा जी रहा था। यदि आप बिलकुल निर्भय होकर जी रहे हैं तो आप जिस वैचारिक अवस्था से देख रहे हैं वह बिलकुल ही अलग होगी।

यह अवस्था धीरे-धीरे आती है क्योंकि हमें सभी संदेहों और डरों से निकलना है और उत्तम अवस्था तक पहुँचना है। स्वसंवाद द्वारा हम वर्तमान में तुरंत अपनी अवस्था बदल सकते हैं।

अपने शरीर को जब आप स्वसंवाद द्वारा आत्मसूचना देंगे तो वे इस तरह से होंगी, 'आय एम हेल्थ, मैं स्वास्थ्य हूँ' इस स्वसंवाद का सकारात्मक असर हमें मिलता है क्योंकि 'आय एम (मैं)' के साथ जो भी जोड़ा जाता है, वह हो जाता है। आप यह भी एक पंक्ति दोहरा सकते हैं, 'ईश्वर बीमार नहीं हो सकता तो मैं भी बीमार नहीं हो सकता' इस स्वसंवाद में सत्य है, जादू है। ये पक्तियाँ इसलिए असर करती हैं क्योंकि सत्य में सकारात्मक शक्ति होती है।

जब सत्य दोहराया जाता है तो उसका असर तुरंत ही शुरू होता है क्योंकि ऊपर

लिखा गया स्वास्थ्य स्वसंवाद सुनकर ही आपके अंदर सकारात्मक तरंग पैदा होती है। कोई बीमार जब इस तरह की पंक्ति कहता है कि 'ईश्वर बीमार नहीं हो सकता' तो उसका विश्वास परिणाम लाना शुरू करता है। पृथ्वी पर जो भी चमत्कार होते हैं, वे हमारे विश्वास की शक्ति के आधार पर होते हैं। **हम जैसा विश्वास रखते हैं, वैसे सबूत हमें मिलते हैं** इसलिए आज से ही उत्तम जीवन जीने के लिए सकारात्मक स्वसंवाद पर विश्वास रखें। रास्ते से गुजरती बिल्ली, आकाश में चमकती बिजली, नक्षत्रों के टोकने, पिल्लों के भौंकने से न डरें। हमेशा यह विश्वास रखें कि आप महान कार्य पूरा करने के लिए पैदा हुए हैं।

ये सब बातें जानकर हम अपनी आंतरिक दुनिया (सोच) का ढाँचा तोड़ें और हम जो अनुभव महसूस करना चाहते हैं, वह करें। हर दिन, हर घटना के बाद अपने अंदर यह स्वसंवाद करें : 'इस वक्त मैं कैसा अनुभव कर रहा हूँ?' यदि जवाब आए 'बुरा' तो यह कहें, 'यह अनुभव मैं कहाँ पर महसूस कर रहा हूँ?' हर अनुभव हम अपने शरीर के अंदर महसूस करते हैं। फिर पूछें, 'इस अनुभव को महसूस करने का जिम्मेदार कौन है? खुद को यह जवाब दें, 'मैं खुद जिम्मेदार हूँ, न कि घटना।' फिर अपने आपसे यह सवाल पूछें, 'क्या इस अनुभव को यदि मैं चाहूँ तो बदल सकता हूँ?' हाँ, आप अपने अनुभवों को चाहें तो बदल सकते हैं। 'क्या इस अनुभव को मैं अभी बदल सकता हूँ?' हाँ, आप जब चाहें तब अपने भावों, विचारों, वाणी और क्रियाओं को बदल सकते हैं। अंत में अपने आपसे महत्वपूर्ण सवाल पूछें, 'मैं इस अनुभव को कैसे बदलूँ?' इसका जवाब अब आप जानते हैं, 'स्वसंवाद द्वारा', जिससे आप तुरंत अच्छा महसूस करने लगेंगे।

'मैं अपने अनुभवों को प्यार, खुशी और सहजता से सँभालता हूँ।
मेरे हाथों और स्वसंवाद में जादू है।'

भाग तीन

मौन में कुदरत से संवाद कैसे करें

उत्तम स्वसंवाद

अपनी भावनाओं में न बहना ठीक है,

अपनी भावनाओं में शक्ति लाना अच्छा है,

अपनी भावना में भक्ति लाना उत्तम है।

जैसे समुंदर नदी का स्रोत है वैसे ही मौन, संवाद का स्रोत (सोर्स) है। जैसे नदी सागर तक पहुँचने के लिए यात्रा करती है, वैसे ही मौन में जाने के लिए इंसान अपने अंदर यात्रा करता है। यह यात्रा योग्य कर्म है। आलस में बैठे रहने और मौन में बैठे रहने में फर्क है। आलस में पड़े रहने का फल नकारात्मक आता है, जबकि मौन में कुछ समय भी बैठने का फल सकारात्मक आता है।

जिस तरह कागज पर लिखे हुए शब्द बिना कागज के व्यर्थ हैं, उसी तरह बिना मौन के बोले गए संवाद व्यर्थ हैं। हर दो शब्दों के बीच में मौन है। हर शब्द के पीछे भी मौन है। मौन को जान पाना उत्तम जीवन का जंक्शन है। इस जंक्शन के बाद ही अभिव्यक्ति की नई पटरी निकलती है। बिना मौन के, जीवन के जंक्शन पर पहुँचा हुआ

इंसान केवल काम ही काम करता है। मौन के जंक्शन के बाद इंसान कभी काम नहीं करता क्योंकि उसका काम अभिव्यक्ति, भक्ति और सेवा बन जाता है।

हर दिन शरीर और मन से चुप होने के लिए हमें कुछ समय निकालना चाहिए। मौन में बैठने से आपको अपने बारे में बहुत सारी बातें पता चलेंगी। संवाद से इंसान दूसरों के साथ जुड़ता है, स्वसंवाद से इंसान स्वयं के साथ संपर्क करता है। प्रार्थना से वह परमात्मा से संपर्क करता है। मौन से इंसान स्वयं से संपर्क करके स्वयं में स्थापित होता है। यह कदम स्वयं को जानने के लिए तथा उत्तम जीवन जीने के लिए अति आवश्यक है।

कुदरत और जीवन

आपने एक जलती हुई अगरबत्ती देखी होगी। अगरबत्ती में एक लकड़ी की पतली डंडी होती है, वह डंडी है 'जीव'। उस डंडी पर अगर मसाला न लगा हो तो आप कहेंगे, 'यह अगरबत्ती किसी काम की नहीं है।' जैसे, बच्चा पैदा होने के बाद न रोए तो उसके माता-पिता को रोना पड़ता है इसलिए जब बच्चा पैदा होने के बाद रोता है तब माता-पिता हँसते हैं। जिस तरह बिना साँस के जीवन किसी काम का नहीं है, उसी तरह जीवन में अगर मौन नहीं है तो जीवन भी किसी काम का नहीं है।

इस तरह अगरबत्ती जीव का प्रतीक है और उस पर लगा मसाला जीवन का प्रतीक है। हर एक इंसान के जीवन में उम्र का मसाला लगाया हुआ है। किसी में यह मसाला साठ साल का है, किसी में अस्सी साल का है तो किसी में सौ साल का है। अगरबत्ती में जब तक मसाला है तब तक अगरबत्ती जलती है। यही जीवन है।

अगरबत्ती का जलता हुआ हिस्सा है 'जीवात्मा'। जीवात्मा है वह चैतन्य, जिंदा चीज, जो सभी के अंदर है, जिसके बिना जीवन का कोई महत्त्व नहीं है। इस चैतन्य की वजह से ही जीवन चलता है। जिस तरह अगरबत्ती के जलते हुए हिस्से की वजह से अगरबत्ती सुगंध फैलाती है, उसी तरह चैतन्य के होने की वजह से अगरबत्ती रूपी शरीर कर्म करता है। जीवात्मा (चैतन्य) धीरे-धीरे अगरबत्ती (शरीर) को खत्म कर रहा है और अपने आपको प्रकट कर रहा है। चैतन्य शरीर को चला रहा है और धीरे-धीरे अपने आपको अभिव्यक्त कर रहा है, यह जता (सुगंध फैला) रहा है कि वह है।

मन की राख और विचारों का धुआँ

हमारे अंदर जो चैतन्य (अगरबत्ती का जलता हुआ हिस्सा) है, उस पर राख जम गई है। राख तोलू मन का प्रतीक है। चैतन्य को फिर से प्रकट करने के लिए राख को फूँक मारकर, स्वसंवाद से उड़ाना है। अपने अंदर उस चैतन्य को फिर से जगाना है। अगरबत्ती से राख नीचे गिरती है तो धुआँ भी निकलता है। उस धुएँ में से दुर्गंध आती है। वह दुर्गंध काम, क्रोध, डर, लोभ, मोह, द्वेष और अहंकार के विचारों का धुआँ है।

सुबह से लेकर रात तक इंसान के मन में कई तरह के विचार चलते रहते हैं। उन विचारों से चिंता व भय की दुर्गंध आती है। चिंता और चिता दोनों में सिर्फ एक बिंदु का फर्क है। चिता इंसान को मरने के बाद जलाती है मगर चिंता इंसान को जीवनभर जलाती है। जिस तरह चिंता के धुएँ से दुर्गंध आती है, उसी तरह भय के विचारों से भी दुर्गंध आती है। जैसे कि 'कल क्या होनेवाला है... नौकरी से निकाल दिया जाऊँगा तो क्या होगा... बुढ़ापा आएगा तो क्या होनेवाला है ...बच्चों की शादी होने के बाद क्या होगा...' इत्यादि। इस तरह अनेक डर इंसान के मन में होते हैं। इन डरों की वजह से इंसान हर रोज प्रतिपल मर रहा है। इंसान के अंदर ये डर दुःख का निर्माण करते हैं यानी इस धुएँ से दुःख की दुर्गंध आती है। एक विचार खत्म होते ही दूसरा विचार शुरू होता है। फिर एक दुःख खत्म होता है तो वापस दूसरे दुःख का विचार आना शुरू होता है। इससे दुःख का एक दुश्चक्र तैयार होता है। एक दुःख खत्म होता है तो दूसरा शुरू होता है और दूसरा खत्म होता है तो तीसरा शुरू होता है। इस तरह यह दुश्चक्र बढ़ता जाता है, कभी खत्म नहीं होता।

जब हमारी खुशी भूत या भविष्य में होती है तब हम वर्तमान में खुश हो ही नहीं पाते। जैसे कोई कहे कि 'जब हमारी उन्नति होगी या मेरा जन्मदिन आएगा तब मैं आनंदित होऊँगा' मगर उसे पता ही नहीं कि यह कारणोंवाला नकली आनंद है, कारण आज हैं, कल नहीं रहेंगे। असली आनंद तो वर्तमान में है, बिना कारण है, अभी है, यहीं है। वर्तमान अपने आपमें एक पूर्ण आनंद है। वर्तमान में आनंदित होने की कला, उत्तम जीवन पाने के लिए जरूरी है। मन हमेशा भविष्य में या भूतकाल में भागता रहेगा मगर अब उसे वर्तमान में रहने की ट्रेनिंग (आदत) देनी है।

जैसे हर जीव के अंदर जीवन (चैतन्य, सेल्फ) है, वैसे ही आपके अंदर जीवन

है। आप भी जीवन में आनंदित रहकर गीत गा सकते हैं मगर हम जीवन को कुछ और ही समझकर बैठे हैं। 'जीवन यानी रोजमर्रा की घटनाएँ', ऐसा हम समझते हैं मगर यह जीवन नहीं है। हमारे अंदर जो चैतन्य है, जो सेल्फ है, वही जीवन है। वहाँ पर स्थापित होकर जीवन को अपने शरीर द्वारा अभिव्यक्ति देना ही उत्तम जीवन का उत्तम लक्ष्य है। उस चैतन्य में स्थापित होने के बाद आपको अपने अंदर जिंदा चैतन्य का एहसास होगा और आप कहेंगे, *'मैं हूँ इसलिए खुश हूँ, मैं अपने होने की वजह से खुश हूँ। खुश होने के लिए मुझे किसी और कारण की जरूरत नहीं है।'* अगर वाकई आप अपने अंदर उत्तम जीवन को जान गए तो आपको और किसी खुशी की जरूरत नहीं होगी। आपके जीवन में बाहर की खुशियाँ तो अनगिनत आएँगी मगर वे आपके लिए पारितोषिक (बोनस) स्वरूप होंगी क्योंकि अपने होने के एहसास और उसकी अभिव्यक्ति में ही असली खुशी है।

व्यापार में आपकी उन्नति होगी, परिवार में आपका जन्मदिन आएगा, ये सारी बातें आपके जीवन में होती रहेंगी मगर अब आपको जो उत्तम जीवन प्राप्त करके असली खुशी मिलेगी, उसके समक्ष आप बाहर की खुशी के लिए मोहताज नहीं होंगे। लोग आज वास्तविक आनंद नहीं जानते इसलिए बाह्य आनंद के मोहताज हैं। इंसान मृत्यु के डर से अपने भीतर यह स्वसंवाद करता है कि 'मेरा रिश्तेदार मेरे जीवन में प्रसन्नता व उल्लास का कारण है और यदि वह नहीं रहा तो मेरा क्या होगा? मेरा बॉस मुझे तरक्की दे सकता है, वह कहीं चला गया तो मेरी प्रमोशन का क्या होगा?' इस तरह के गलत स्वसंवाद से इंसान हमेशा आशंकित जीवन जीता है। शंका से भरा हुआ जीवन उत्तम जीवन नहीं बन सकता है। इस नकारात्मक स्वसंवाद से आपको स्वतंत्र होना है और समझना है कि वह जीवन (चैतन्य) जो हमारे रिश्तेदार अथवा बॉस में कार्य कर रहा है, वही जीवन हमारे अंदर भी चहक रहा है।

'जीवन कठिन है' यह संवाद ठीक नहीं है। उत्तम जीवन जीनेवाला किरदार यदि यह डायलॉग (पंक्ति) दोहराता रहता है, यदि उसे इस मान्यता पर विश्वास है तो उसे वैसे ही सबूत मिलेंगे। 'जीवन कठिन है' यह नकारात्मक स्वसंवाद आपके जीवन में काम करेगा और आपका जीवन जीना कठिन हो जाएगा। यह प्राकृतिक नियम है, 'जैसा यकीन आप रखते हैं, वैसे सबूत आपको मिलते हैं।' उत्तम जीवन में इंसान के भीतर यह स्वसंवाद चलता है कि *जीवन सुंदर है, जीवन साहस है, जीवन उमंग है, जीवन अभिव्यक्ति है।* जब पक्षियों में जीवन हर सुबह जागता है

तब वह मधुर स्वर बनकर चहचहाता है। यही जीवन फूलों में रंग और सुगंध बनकर फैल जाता है। झरनों से जीवन बहता है, बादल और सूरज से जीवन आसमान में नित नए दृश्य बनकर प्रकट होता है। यह देख लेने के बाद आपका जीवन सहज होने के साथ-साथ आनंदमयी हो जाता है। वास्तव में जीवन ही आनंद है, जीवन ही प्रेम है, जीवन ही ईश्वर है।

आप सब ने कोयल को कूकते और बुलबुल को गीत गाते हुए देखा होगा लेकिन क्या उनके अंदर हिलोरे लेते हुए कभी जीवन को महसूस किया है? ये पक्षी इसलिए चहकते हैं क्योंकि उनके अंदर जिंदा चैतन्य है। वह ऐसा चैतन्य है जो उन्हें आनंद दे रहा है और उन्हें गाने के लिए मजबूर कर रहा है। वही चैतन्य हमारे अंदर भी है लेकिन हम गा नहीं पा रहे हैं और दुःख में जीवन जी रहे हैं क्योंकि वह चैतन्य तोलू मन की राख से ढँक गया है। उस राख को हटाना ही जीवन का पहला लक्ष्य है। जब भी पक्षियों, फूलों, बच्चों में आनंद के भाव देखें तब अपने अंदर यह स्वसंवाद करें, 'जो जीवन इन पक्षियों, फूलों और बच्चों में अभिव्यक्त होकर नृत्य कर रहा है, वह जीवन मेरे अंदर भी है। मेरे शरीर के तमोगुण की वजह से वह जीवन उत्सव मना नहीं पा रहा है इसलिए मुझे अपने शरीर से तमोगुण (आलस) हटाना है। इन पक्षियों, फूलों, बादलों, पहाड़ों, झरनों, पेड़-पौधों और बच्चों का बहुत-बहुत धन्यवाद जो उन्होंने मेरे अंदर के जीवन के बारे में मुझे याद दिलाया। मैं अब लोगों में जीवन के दर्शन करूँगा, मैं लोगों के शरीर में नहीं अटकूँगा, मैं सदा जीवन को याद रखकर उत्तम जीवन जीऊँगा।' यह स्वसंवाद रखकर आप अपने अंदर उत्तम जीवन की उमंग महसूस करेंगे। यह स्वसंवाद करने से आपको जीवन से प्यार हो जाएगा। जिस चीज पर आप ध्यान देते हैं, आप वैसे ही बन जाते हैं। यह कुदरत का कानून है। जीवन पर इस तरह ध्यान देने से आप भी जीवन ही बन जाएँगे। यह है जीवन जीने की नहीं, जीवन बनने की कला (Art of being life)। जीवन बनने की कला अथवा उत्तम जीवन जीने की कला सीखने के लिए आपको स्वसंवाद का जादू सीखना होगा, अपना रिमोट कंट्रोल अपने पास रखना होगा। जब आप होशपूर्वक, समझ के साथ सकारात्मक स्वसंवाद करते हैं तब आप अनेक दुःखों से बच जाते हैं और जो दुःख आ चुके हैं, उन्हें विलीन करने के काबिल बन जाते हैं।

जिस दिन नकारात्मक स्वसंवाद आपके जीवन से विलीन हो जाएँगे, उस दिन आप कहेंगे कि 'जीवन अपने आप में अपना लक्ष्य है, जीवन वर्तमान में है।' इस

स्वसंवाद से आप उत्तम जीवन का बीज वर्तमान की जमीन में डालेंगे। जब भी उदासी छाए, निराशा आए तब नीचे लिखा हुआ स्वसंवाद (वार्तालाप) अपने साथ करें,

'जीवन जिंदा अंगार है, तोलू मन अंगार पर छाई हुई राख है,

भूतकाल था, भविष्यकाल होगा, वर्तमान अभी है,

सत्य है इसलिए वर्तमान मेरा जीवन है।

असली आनंद तो वर्तमान में है, अभी है, यहीं है।

वर्तमान अपने आप में संपूर्ण आनंद है।'

ईश्वर ने सब कुछ भरपूर बनाया है लेकिन हमें हर चीज कम ही लगती है। दो देशों के बीच की रेखा अगर मिटा दी जाए तो आप देखेंगे कि सब कुछ भरपूर है। हमें हर देश और हर खेत के विभाजन रेखा को मिटाना है। उसके बाद आप कहेंगे कि *'खाना, पीना, पैसा, प्रेम, समय और जीवन भी भरपूर है, कुछ भी कम नहीं है।'* इस स्वसंवाद और विश्वास के लिए आपको उत्तम जीवन का रहस्य पता होना चाहिए।

आपका अविश्वास आपका यकीन कम कर देता है इसलिए आप समय, पैसा या प्रेम कम बाँटना चाहते हैं। अज्ञान में इंसान सदा यह स्वसंवाद करता रहता है कि

- 'मैं किसी को समय, पैसा या प्रेम दूँगा तो मेरे पास से वह चला जाएगा या कम हो जाएगा।'

- 'प्रेम, पैसा, समय, आनंद, आरोग्य, संतुष्टि कम है।'

- 'देने से घटता है, लेने से बढ़ता है, किसी का पैसा कम होगा तब ही मेरा पैसा बढ़ेगा।'

- 'किसी से जब छीन लिया जाएगा तब ही किसी और को मिल सकता है।'

ऊपर लिखे हुए स्वसंवाद जो अज्ञान की वजह से चलते रहते हैं, इंसान के दिमाग में घर कर चुके हैं, जिनकी वजह से इंसान दूसरों को हर चीज कम देना चाहता है।

जिस दिन आपका स्वसंवाद, विश्वास और ज्ञान से भर जाएगा तब आपके

अंदर यह वार्तालाप होगा

- 'ईश्वर ने हर चीज भरपूर बनाई है।'

- 'समय, पैसा, प्रेम, सेहत, आनंद, जीवन भरपूर है।'

- 'जो हम देते हैं उससे विकास होता है, जो हम लेते हैं उससे मात्र गुजारा होता है।'

इन स्वसंवादों पर यकीन करने के बाद आप दूसरों को समय, पैसा या प्रेम देने के लिए हिचकिचाएँगे नहीं। फिर आप देखेंगे कि ये सारी बातें आपके जीवन में बढ़ रही हैं। अगर आज से ही आपकी यह मान्यता बदल गई कि 'पैसा कम है' और आपको इस बात पर यकीन हो गया कि पैसा, प्रेम, आनंद, जीवन आसानी से बढ़ता है तो आप देखेंगे कि आपके जीवन में पैसे, प्रेम और आनंद का संचार सरलता से होने लगेगा। उसके सबूत भी आपको निश्चित रूप से मिलेंगे।

हमारे अंदर सतत स्वसंवाद चल रहा है, जिसकी वजह से कोई घटना सुखद या दुःखद बन जाती है।

जब आप यह रहस्य जान जाएँगे तब आप दुःख से मुक्त होने का सूत्र जान जाएँगे। इस सूत्र पर लगातार काम करके आप उत्तम जीवन प्राप्त कर पाएँगे।

आओ
स्वसंवाद का जादू
सीखें

जीवन बनने की और उत्तम जीवन जीने की कला सीखने के लिए आपको स्वसंवाद का जादू सीखना होगा।
जब आप होशपूर्वक, समझ के साथ सकारात्मक स्वसंवाद करते हैं तब आप अनेक दुःखों से बच जाते हैं और जो दुःख आ चुके हैं उन्हें विलीन करने के काबिल बन जाते हैं।

भाग एक

स्वसंवाद कैसे करें
उत्तम जीवन में विश्वास रखें

जीवित रहना ठीक है, पवित्र जीवन प्राप्त करना अच्छा है, उत्तम जीवन जानकर जीवन बनना उत्तम है।

इंसान के विचार जब विश्व की महाशक्ति से अलग हो जाते हैं तब वह अनेक समस्याओं से घिर जाता है। जब भी अपने जीवन में कोई शारीरिक, मानसिक, सामाजिक अथवा आर्थिक समस्या देखें तब नीचे लिखा हुआ स्वसंवाद तब तक दोहराते रहें जब तक आपको अपने अंदर समस्या को सुलझाने का बल न महसूस हो। *'मेरे अंदर ऐसे कौन से विचार हैं जिनकी वजह से मैं यह रोग (समस्या) भुगत रहा हूँ? अब मैं उस वैचारिक ढाँचे को छोड़ने को तैयार हूँ जिसने यह रोग उत्पन्न किया है।'*

'मेरा नया वैचारिक पैटर्न (ढाँचा) अब स्वास्थ्य, संतुष्टि और समृद्धि का होगा, जो मैं बार-बार दोहराऊँगा।' उत्तम जीवन का यह नया वैचारिक ढाँचा बनाकर उसे बार-बार दोहराएँ और कल्पना करें कि आप ठीक होने और उच्च

विकास की प्रक्रिया से गुजर रहे हैं। जब भी शंका उठे या जब तक शंका का असर विलीन होते हुए न दिखे तब नीचे लिखा हुआ स्वसंवाद दोहराना शुरू कर दें।

'मैं जीवन में विश्वास रखता हूँ इसलिए डर और असुरक्षा केवल मेरे लिए विचार मात्र हैं, जो आते-जाते रहते हैं। मैं सुरक्षित हूँ।'

कैंसिल कैंसिल कैंसिल :

जब भी कोई दुर्घटना दिखाई दे या कोई नकारात्मक विचार मन में आए तो उस विचार का असर नष्ट करने के लिए मन में तीन बार कहें, 'कैंसिल कैंसिल कैंसिल (Cancel cancel cancel)' यह कहने के बाद कहें, *'अतीत बीत चुका है, तूफान जा चुका है इसलिए मैं शांत हूँ। जिस स्वसंवाद ने मेरे भीतर यह डर पैदा किया है मैं उसे महसूस कर रहा हूँ। मैं उस स्वसंवाद को तीन बार कैंसिल कैंसिल कैंसिल (Cancel cancel cancel) कर चुका हूँ। अब वह स्वसंवाद अनजाने में भी मुझसे नहीं दोहराया जाएगा।'*

इच्छा रोग न बने :

शरीर पर होनेवाला दर्द दुःख बन जाता है। कई बार इंसान की तीव्र इच्छा (डिजाएर) दिल का रोग (डिजीज) बन जाती है। ऐसी अवस्था में यह स्वसंवाद करें, *'मैं प्यार करने लायक हूँ, मैं खुद को प्यार और स्वीकार करता हूँ।'*

हीन भावना :

जब मन में हीन भावना महसूस हो तब यह स्वसंवाद बार-बार दोहराएँ,

१) *'मैं जीवन की दिव्य अभिव्यक्ति हूँ, मैंने जान लिया है कि मैं कितना महत्वपूर्ण और अद्भुत हूँ।'*

२) *'मैं प्रेमपूर्वक अपने शरीर, मन, बुद्धि तथा भावनाओं की कद्र करता हूँ, उनकी देखभाल करता हूँ।'*

बुढ़ापा रोग न बने :

जो इंसान बुढ़ापे में नकारात्मक विचारों के शिकार बनते हैं वे लोग नीचे दिए गए स्वसंवाद दिन में अनेक बार दोहराएँ,

१) *'जीवन का हर पल उचित है, मैं उम्र के हर समय पर खुद को प्यार और*

स्वीकार करता हूँ।'

२) 'मैं अतीत को माफ और मुक्त करता हूँ, मैं वर्तमान में मुक्ति और भविष्य में परम आनंद प्राप्त करने के लिए आगे बढ़ रहा हूँ।'

३) 'जीवन मुझसे प्यार करता है, मैं ताकतवर और समर्थ हूँ, मैं ब्रह्माण्ड का अंश हूँ इसलिए मैं अपने आपको हर रूप में प्यार करता हूँ।'

४) 'मैं पूरी तरह से संतुलित हूँ। मैं जीवन में हर उम्र में सहजता और खुशी से आगे बढ़ता हूँ।'

स्वसंवाद द्वारा लोकव्यवहार को सुधारें :

कुछ लोग लोकव्यवहार में अपने आपको कमजोर महसूस करते हैं। ये लोग मित्र नहीं बना पाते। इस स्वसंवाद से अपनी यह कमजोरी दूर करें,

१) 'सारे लोग अच्छे और मेरे साथ दोस्ताना हैं। उत्तम जीवन के साथ मेरा तालमेल कायम है।'

२) 'मैं अपने सभी अनुभवों को प्रेम से देखता हूँ, मैं दूसरों को भी तेजप्रेम से देखता हूँ।'

३) 'मुझे हर एक इंसान सकारात्मक ढंग से लेता है। मेरी प्रशंसा भी होती है। मुझे प्यार भी मिलता है।'

महिलाओं के लिए विशेष :

कई बार महिलाओं को अपने शरीर की वजह से समाज में दिक्कतें सहनी पड़ती हैं या वे अपने आपको हीन और कमजोर महसूस करती हैं। नीचे लिखे गए स्वसंवाद दोहराकर अपने शरीर को स्वीकार करें,

१) 'मैं जो हूँ उससे खुश हूँ। मेरा शरीर जैसा भी है उसे मैं स्वीकार करती हूँ क्योंकि मेरा शरीर मेरा मित्र है।'

२) 'औरत होना भी अनोखा एहसास है। मैं अपनी सभी क्षमताओं को जान रही हूँ और सभी कमजोरियों को स्वीकार कर रही हूँ। मैं सदा सुरक्षित और प्रेममय हूँ।'

जिम्मेदारियों को उठाने के लिए स्वसंवाद :

कुछ लोग सफलता तो चाहते हैं लेकिन सफलता से आनेवाली नई जिम्मेदारी से

डरते हैं। यह डर उन्हें बार-बार बीमार कर देता है ताकि वे अपनी जिम्मेदारी से बच सकें। बच्चे अकसर परीक्षा के पहले बीमार पड़ जाते हैं। ऐसे वक्त में यह रोज कहें,

१) 'सफल होना मेरे लिए सुरक्षित है, जीवन को मुझसे प्यार है इसलिए जीवन मुझे सफल देखना चाहता है।'

२) 'सिर्फ मैं ही हूँ जो मेरे लिए सोचता हूँ। मैं अपनी सोच को सदा उत्तम रख रहा हूँ।'

आत्मघृणा से मुक्ति स्वसंवाद द्वारा :

कुछ लोग अपराध बोध की वजह से खुद को अस्वीकार करते हैं, वे अपने आपको सजा तक देते रहते हैं। कई बार अपराध बोध की भावना रोग के रूप में प्रकट होती है। ऐसी परिस्थिति में नीचे लिखा हुआ स्वसंवाद अनेक बार दोहराएँ,

१) 'मुझे जीवन में आनंद लेने का हक है, मैं जीवन में तमाम सुखों को स्वीकार करता हूँ।'

२) 'मेरे जीवन में दिव्य योजना अनुसार सब अच्छा और सही घट रहा है।'

३) 'मैं आनंद को चुनता हूँ, मैं खुद को स्वीकार करने को चुनता हूँ।'

४) 'मैं सहजता और आराम के साथ उसे मुक्त कर रहा हूँ जिसकी मुझे अब आवश्यकता नहीं है। मान्यताओं को छोड़ देना ही सही है, मुझे जिस रोग की जरूरत नहीं है, वह मेरे शरीर से बाहर निकल रहा है।'

५) 'मैं प्यार और समझ के साथ खुद को माफ करता हूँ, अब मैं आज़ाद हूँ, आज़ादी हूँ।'

६) 'मैं संपूर्ण जीवन के साथ एकाकार हूँ। मैं किसी अपराध बोध का शिकार नहीं हूँ।'

स्वसंवाद द्वारा आत्मविश्वास बढ़ाएँ :

डर की वजह से लोग अपना आत्मविश्वास गँवा देते हैं। वे सिकुड़कर जीवन जीते हैं। ऐसी भावना में नीचे दिया गया कोई भी एक स्वसंवाद हर सुबह दोहराएँ,

१) 'मैं जीवन के लिए स्वयं को खोल रहा हूँ, मैं जीवन को महसूस करने के लिए इच्छुक हूँ।'

२) 'मैं ईश्वर की दौलत हूँ, कोई गलत शक्ति मुझे छू नहीं सकती।'

३) 'मैं ही प्रेम हूँ, मैं अच्छाई हूँ, खुशी-खुशी मैं अपने जीवन को बहने देना चाहता हूँ।'

४) 'मैं स्वयं को आगे बढ़ने की इजाजत देता हूँ। आगे बढ़ना सदा सुरक्षित है।'

अपनी बात बताकर रोग मुक्त रहें :

कुछ लोग अपनी बात, राय, भावना बोल नहीं पाते हैं। ऐसे लोग गले और फेफड़ों के रोग अपने शरीर में निर्माण करते हैं। अपनी इस समस्या (रोग) को खत्म करने के लिए ये स्वसंवाद जब भी समय मिले दोहराएँ,

१) 'मैं जानता हूँ कि जीवन मेरे साथ है। मुझे जिसकी भी जरूरत होती है वह मुझे मिलता है।'

२) 'मैं अपनी भावनाओं को जाहिर करता हूँ क्योंकि अपनी भावनाओं को जाहिर करना सुरक्षित है।'

३) 'मैं जो चाहता हूँ उसे माँगने में मैं आज़ाद हूँ। स्वयं को प्रस्तुत करना सुरक्षित है।'

४) 'मैं बड़ी सहजता से अपने हक में बोलता हूँ।'

५) 'मैं खुशी, शांति, खुले दिल से और साहस के साथ वार्तालाप (संप्रेषण) करता हूँ।'

६) 'मैं हर प्रकार के दोष से मुक्त हूँ, मैं दूसरों के नजरिए पर गौर करता हूँ। मैं अपना हृदय खोलकर प्रेम के गीत गाता हूँ। मैं सहजता से अपने हक में बोल सकता हूँ। मैं पूर्णता करने में सहज हूँ।'

गलतियों से न डरें, स्वसंवाद से मदद लें :

कुछ लोग गलतियाँ होने के डर से कोई नया काम शुरू ही नहीं करते। उन्हें यह स्वसंवाद दोहराना चाहिए, 'हमारे विकास के लिए अलग-अलग अनुभव जरूरी है। मैं अपनी गलतियों को माफ करता हूँ। मैं खुद से प्यार करता हूँ, जीवन भी मुझे चाहता है, मैं खुद से हमेशा प्यार करता रहूँगा।'

अकेलेपन और एलर्जी से कैसे बचें :

कुछ लोग जब अकेले रहते हैं तब वे शांत और सौम्य होते हैं लेकिन लोगों के बीच में जाते ही वे त्वचा के रोग, एलर्जी, अकेलेपन का शिकार बनते हैं। उन्हें ये स्वसंवाद मदद कर सकते हैं,

१) 'मैं हर चिड़चिड़ाहट से मुक्त हूँ, मैं अपने विचारों को शांत करने के लिए योग्य हूँ।'

२) 'मेरा विश्वास है कि मेरे जीवन में जो भी हो रहा है वह दिव्य योजना के अनुसार सही हो रहा है। मैं चैन से हूँ।'

३) 'मैं खुद को स्वीकार करता हूँ तथा दूसरों को भी वही बने रहने की आज़ादी देता हूँ, जो वे हैं।'

इच्छा रोग न बने : पुराने को छोड़ने और बदलने की तैयारी करें :

कुछ लोग बदलाहट को स्वीकार नहीं कर पाते। मौसम बदलते ही वे व्याकुल हो जाते हैं। वे नए वातावरण में जल्दी बीमार हो जाते हैं। ऐसे लोग जमा करने की प्रवृत्ति रखते हैं। पेट के अनेक रोग इस प्रवृत्ति से तैयार होते हैं। यदि आप ऐसा कुछ अपने अंदर महसूस करते हैं तो यह स्वसंवाद करें,

१) 'मेरी समझ स्पष्ट है और मैं समय के साथ बदलने को तैयार हूँ। मैं सहजता और खुशी से पुराने का त्याग और नए का स्वागत करता हूँ।'

२) 'मैं अपने दिमाग का चालक हूँ। अपने दिमाग को नए ढाँचे में लाना आसान है। मैं पुराने निर्धारित ढाँचे से मुक्त हो रहा हूँ।'

३) 'मैं हर समय ठीक हूँ। मैं अपने तथा औरों के लिए करूणा भाव रखता हूँ। सब बढ़िया है।'

४) 'मैं अपनी उस सोच को छोड़ रहा हूँ जो मेरी बेहतरी का विरोध करती है। जो मुझे, जो मैं बनना चाहता हूँ, बनने से रोकती है। उसे मैं त्याग करता हूँ।'

५) 'मैं अब बदलने को बिलकुल तैयार हूँ।'

अपना अधिकार माँगें और स्वस्थ रहें :

कुछ लोग अपने अधिकारों को व्यक्त नहीं कर सकते। ऐसे लोग हर जगह असुविधा का शिकार बनते हैं। वे अंदर ही अंदर कुढ़ते हुए अनेक रोगों को आमंत्रित करते हैं। यदि आप कभी ऐसा महसूस करते हैं तो ये स्वसंवाद दोहराएँ,

१) 'पूरा, सरल, सहज जीवन जीना मेरा जन्मसिद्ध अधिकार है। मैं अब जीवन को पूर्णता से जीने का चुनाव करता हूँ।'

२) 'मुझे अच्छा महसूस करने का पूरा हक है। मैं अपने भीतर तथा आस-पास केवल शांति और सद्भाव पैदा करता हूँ। मैं अपनी दुनिया को खुशियों से भर देना चाहता हूँ।'

स्वीकार और बुद्धि की लचक से पैटर्न तोड़ें :

कुछ लोग अपने विचारों को बदलने के लिए तैयार नहीं होते, उनकी बुद्धि लचीली नहीं होती। वे नए को जल्दी स्वीकार नहीं करते, वे निम्नलिखित स्वसंवाद दोहराएँ,

१) 'मैं जीवन के शानदार अनुभव लेने तथा हर अनुभव को गले लगाने के लिए तैयार हूँ।' यह स्वसंवाद हर दिन दोहराकर वे अपना वैचारिक पैटर्न तोड़ सकते हैं या यह दोहराएँ, 'मैं दिव्य मार्गदर्शन को स्वीकार करता हूँ, मैं अपनी पुरानी विचारधारा को छोड़ने को तैयार हूँ। ईश्वर मुझे परम संतुष्टि प्राप्त करने के लिए मार्गदर्शन दे रहा है। इस कृपा के लिए मैं धन्यवाद देता हूँ।'

२) 'मैं हमेशा अपने विचारों को काबू में कर सकता हूँ। विचार मेरे मजदूर हैं, मैं मजबूर नहीं, मैं स्पष्ट विचारक हूँ।'

३) 'मैं लचीलेपन और सहजता से किसी बात के सभी पहलुओं को देखता हूँ। हर बात, हर काम को देखने के अनेक पहलू होते हैं। मैं खुला हूँ।'

४) 'मैं अपने मस्तिष्क में लचीलापन रखने के बावजूद भी सुरक्षित हूँ।'

अपनी सराहना करें, आत्मनिंदा से बचें :

दुनिया में ऐसे भी लोग होते हैं जो अपनी प्रशंसा नहीं सुनना चाहते। वे आत्मनिंदा में लगे रहते हैं। जिस वजह से वे दूसरों की भी सराहना नहीं कर पाते। यदि आप इस भ्रम का शिकार हैं तो यह स्वसंवाद दोहराएँ,

१) 'मैं खुद को वह सब होने की इजाजत देता हूँ जो मैं हो सकता हूँ। मैं दूसरों को भी यह हक देता हूँ। मैं उन्हें प्यार तथा उनकी सराहना करता हूँ।'

२) 'मैं अपने आस-पास केवल आनंददायक अनुभव पैदा करता हूँ। मेरे आस-पास केवल प्रेम ही प्रेम है।'

भूतकाल से मुक्ति पाने का राज :

कुछ लोग अपने अतीत में ही रहना चाहते हैं। वे अतीत की यादों में दुःख

मनाते हैं। इसकी उन्हें आदत पड़ जाती है। वे अपना ध्यान दूसरी जगह नहीं ले जा पाते। नीचे दिए गए स्वसंवाद से उन्हें अत्यंत लाभ मिल सकता है,

१) 'मैं समय को अपने घावों पर मरहम लगाने की इजाजत देता हूँ। मैं हर क्षण का स्वागत करने के लिए अब तैयार हूँ।'

२) 'मैं अपने आपको बदलने, आगे बढ़ने तथा नए भविष्य का निर्माण करने के लिए उत्सुक हूँ।'

३) 'मैं अपने दिमाग और शरीर को संतुलित रखता हूँ। मैं अब ऐसे विचारों को चुनता हूँ जो मुझे अच्छा महसूस करवाते हैं।'

४) 'मैं अतीत की सभी समस्याओं को आसानी से भुला देता हूँ। मैं उज्ज्वल भविष्य के लिए अपनी चेतना को खोलता हूँ। मेरे हर विकास के लिए तथा बदलने के लिए कई अवसर मौजूद हैं।'

विकास करने के लिए स्वयं का आदर करें :

दूसरों के साथ अपना आदर भी करें। यह अहंकार नहीं, समझ है। इसी के साथ अपनी सोच और आयडियाज में भी यकीन रखें। कुछ लोग अपनी सोच को तुच्छ समझते हैं और अंदर से निकलनेवाले नए विचारों को छोटा समझते हैं, जिस वजह से वे जीवन में पीछे रह जाते हैं। यदि आप ऐसा महसूस करते हैं तो यह स्वसंवाद करें,

१) 'मेरी कल्पना खूबसूरत व्यावहारिक और अव्यक्तिगत है, जिससे सभी को लाभ मिलनेवाला है इसलिए यह कल्पना जल्दी ही साकार रूप ले रही है।'

२) 'मेरे फैसले मेरे लिए हमेशा उपयोगी सिद्ध होते हैं।'

३) 'मैं गर्व और आज़ादी से खड़ा हो सकता हूँ।'

४) 'मैं अपनी भीतरी आवाज पर यकीन करता हूँ।'

स्वस्थ रहने के लिए सुनना सीखें :

कुछ लोग दिनभर अपनी ही दुनिया में रहते हैं। वे दूसरों को सुनना पसंद नहीं करते। ऐसे लोग कान के रोग का शिकार बन सकते हैं। जब आपको शोर परेशान करे या कान में तकलीफ हो तब इलाज के साथ यह स्वसंवाद दोहराएँ तो आप जल्दी ठीक हो जाएँगे, 'मैं दिव्य संदेश सुनता हूँ। मैं सभी की मधुर वाणी सुनता हूँ।

मैं सभी के साथ मिल-जुलकर रहता हूँ।'

आत्मछवि मिटने के डर से मुक्ति :

लोग क्या कहेंगे तथा मेरी आत्मछवि का क्या होगा? इस डर से यदि आप नया काम नहीं करते तो ये स्वसंवाद अनेक बार दोहराएँ,

१) 'अब मैं दूसरे लोगों के डरों तथा निराशा से बहुत आगे निकल गया हूँ। मैं अपने जीवन का निर्माता हूँ।'

२) 'कुदरत ने मुझे हर चीज से निपटने की शक्ति दी है। मैं हर अनुभव, बिना परेशान हुए करना चाहता हूँ। मैं उत्साह और ऊर्जा से भरपूर हूँ।'

अपने निर्णय खुद लें, माता-पिता को स्वीकार करें :

कुछ बच्चे बड़े होकर भी हर निर्णय अपने माता-पिता से लेते हैं। वे अपनी सोच, अपने निर्णय खुद नहीं ले पाते जिस वजह से वे योग्य विकास नहीं कर पाते। वे हमेशा अपने माँ-बाप को कोसते हुए अपना जीवन बिताते हैं। ऐसे लोगों को नीचे दिया गया स्वसंवाद फायदा देगा,

१) 'माता-पिता की सीमाओं से बाहर निकलना मेरे लिए अब सुरक्षित है। मैं अब जिम्मेदारी खुशी-खुशी उठा सकता हूँ कारण जिम्मेदारी लेने से आज़ादी खुद-ब-खुद मिलती है।'

२) 'मैं अपने पिता को माफ करता हूँ क्योंकि उन्होंने जो भी किया वह अपनी उस वक्त की समझ और मजबूरी में किया। उन्हें अपने माँ-बाप से प्यार नहीं मिला। मैं उस प्यार विहीन बच्चे को माफ करता हूँ।'

भविष्यकाल से मुक्ति, स्वसंवाद की युक्ति :

भविष्य की चिंता से आँखों के रोग तथा ब्लड प्रेशर के रोग तैयार होते हैं। चिंता से होनेवाले रोगों से बचने के लिए ये स्वसंवाद दोहराएँ,

१) 'हर रोज दुनिया में चमत्कार हो रहे हैं। अब मैं दिव्य इलाज को स्वीकार करता हूँ। मैं पुरानी स्वसंवाद की भाषा को खत्म करता हूँ और उस दिव्य शक्ति को अपने ऊपर काम करने दे रहा हूँ जो सूरज, चाँद, तारों को दिव्य योजना अनुसार चलाती है।'

२) 'जीवन मेरे लिए है। मैं विश्वास और आनंद से आगे बढ़ता हूँ क्योंकि मैं जानता हूँ कि भविष्य में सब उत्तम है।'

३) 'मैं जीवन की कार्यप्रणाली पर विश्वास करता हूँ। जो समुंदर के प्राणियों का भी खयाल रखती है, वह मेरा भी खयाल रखती है।'

आक्रोश हर रोग का टॉनिक है, इससे बचें :

क्रोध की अग्नि से अनेक रोग होते हैं तथा पुराने रोगों को टॉनिक मिलती है, यह बात किसी से छिपी हुई नहीं है। क्रोध के तुरंत बाद इंसान अपने अंदर अशांति, जलन, परेशानी महसूस करता है। दूसरों के लिए आक्रोश रखने से इंसान उन्हें कभी माफ नहीं कर पाता। जिस वजह से वह अपनी ही हानि करता है। जिस इंसान को आप माफ नहीं करना चाहते उसे माफ करके ही आप अपना ज्यादा फायदा (बड़े रोग से मुक्ति) कर सकते हैं। जलन, हृदय रोग और पित्त से होनेवाले रोगों से बचने के लिए यह स्वसंवाद दोहराएँ,

१) 'मैं अपने गुस्से को सकारात्मक और रचनात्मक तरीके से मुक्त करता हूँ। इसके लिए मैं अपनी सराहना करता हूँ।'

२) 'मैं सबको क्षमा करने के लिए तैयार हूँ।'

३) 'मैं प्रेम में यकीन रखता हूँ। मैं सबको पसंद करता हूँ।'

नींद और स्वसंवाद :

हर रात सोने से पहले प्रार्थना के अलावा यह स्वसंवाद दोहराते हुए सोएँ, 'मैं प्यार से अपने दिन को छोड़कर शांत नींद में उतर जाना चाहता हूँ क्योंकि कल अपनी परवाह खुद करेगा।'

भाग दो

हर दिन नए स्वसंवाद का लाभ कैसे लें

अपना विश्वास आज बदलें

शरीर को हर दिन पानी से नहलाना ठीक है,
मन को हर दिन आत्मनिरीक्षण से नहलाना अच्छा है,
सेल्फ को हर दिन श्रवण, मनन व मौन से नहलाना उत्तम है।

हम जिस बात पर विश्वास करते हैं वही हमारा सच होता है यानी वही हमारी दुनिया में प्रकट होता है। अमीरी-गरीबी, बीमारी-स्वास्थ्य, सुख-दुःख, अच्छा-बुरा, खुशी-उदासी, सम्मान-अपमान ये सब हमें अपने विश्वास अनुसार मिलता है। अपना विश्वास तेज, ताजा, नया बनाने के लिए स्व सुसंवादों को बार-बार दोहराना चाहिए।

आपका विश्वास क्या है? नीचे दी गई बातों पर आप कितना विश्वास रखते हैं?

१) जीवन मुझे अच्छी तरह से रहने देना नहीं चाहता।

२) अच्छे हालात हमेशा नहीं रह सकते।

३) मेरे लिए सफल होना कठिन है, मैं जीत ही नहीं सकता।

४) मुझे कोई भी प्यार नहीं करता।

५) मैं प्यार के काबिल नहीं।

६) मेरे साथ वही होगा जो मेरे माँ-बाप के साथ हुआ है।

७) मुझे सीखने में ज्यादा समय लगता है, सीखना मुश्किल है।

८) बीमारी तो मेरे खून में है।

९) मेरा जन्म दूसरों के अत्याचार सहने के लिए हुआ है।

१०) मैं हमेशा मौसम का शिकार रहता हूँ।

११) मैं दौलत को अपने पास रख नहीं पाता।

१२) पैसा मेरे पास जल्दी आता नहीं। आता है तो टिकता नहीं।

ऊपर दिए गए गलत विश्वासों और मान्यताओं की वजह से इंसान अपने जीवन में वही सब देखता है। ये विश्वास और इस तरह के अनेक विचार इंसान को अपने माँ-बाप और टीचर्स द्वारा मिलते हैं। बचपन में माँ-बाप ने घर पर या टीचर्स ने स्कूल में जो कह दिया वह बच्चा मान लेता है, 'लोग तुम्हें ठग सकते हैं... दुनिया बुरी है... तुम लड़के होकर रोते हो... तुम लड़की हो, तुम्हें यह करना शोभा नहीं देता.... इत्यादि।' ऐसे अनेक विचार माँ-बाप और टीचर्स द्वारा मिलते हैं। यही विचार बड़े होने पर हमारा जीवन निर्धारित करते हैं। यदि हम हँसता-खेलता जीवन जीना चाहते हैं तो हमें वैसे ही विचार चुनने चाहिए जो हमें उत्तम जीवन प्रदान करें। अपने आपसे अपनी समस्या के बारे में यह पूछें कि 'मेरी इस समस्या के लिए किस तरह के स्वसंवाद (विचार) जिम्मेदार हैं?' जवाब आने पर उन विचारों को स्वसंवाद द्वारा बदलें। अपने आपको सदा यह कहें, 'मैं रूपांतरण के लिए तैयार हूँ।'

नीचे सप्ताह के हर दिन, पूरे महीने के लिए स्वसंवाद दिए गए हैं। जिन्हें पढ़कर आप हर दिन दोहराएँ। पहले दिन पहले स्वसंवाद को पढ़कर दिनभर, जब भी समय मिले दोहराएँ। दूसरे दिन दूसरा स्वसंवाद चुनें। इस तरह हर दिन नया स्वसंवाद लेकर दिन की शुरुआत करें। कुछ ही दिनों के बाद आप स्वसंवाद का जादू अपने जीवन में देखेंगे।

हर दिन का स्वसंवाद

पहला सप्ताह — 1 — सोमवार
'मैं उत्तम जीवन में विश्वास रखता हूँ इसलिए डर और असुरक्षा केवल मेरे लिए विचार मात्र हैं, जो आते-जाते रहते हैं। मैं सुरक्षित हूँ।'

पहला सप्ताह — 2 — मंगलवार
'जीवन का हर पल उत्तम है, मैं उम्र के हर समय पर खुद को प्यार और स्वीकार करता हूँ।'

पहला सप्ताह — 3 — बुधवार
'सारे लोग अच्छे और मेरे साथ दोस्ताना हैं। उत्तम जीवन के साथ मेरा तालमेल सदा कायम है।'

पहला सप्ताह — 4 — गुरूवार
'मैं जो हूँ उससे खुश हूँ। मेरा शरीर जैसा भी है उसे मैं स्वीकार करता हूँ क्योंकि मेरा शरीर मेरा मित्र है।'

पहला सप्ताह — 5 — शुक्रवार
'सफल होना मेरे लिए सुरक्षित है, जीवन को मुझसे प्यार है इसलिए जीवन मुझे सफल देखना चाहता है।'

पहला सप्ताह — 6 — शनिवार
'मैं सहजता और आराम के साथ उसे मुक्त कर रहा हूँ जिसकी मुझे अब आवश्यकता नहीं है। मान्यताओं को छोड़ देना ही सही है, मुझे जिस रोग की जरूरत नहीं है, वह मेरे शरीर से बाहर निकल रहा है।'

पहला सप्ताह — 7 — रविवार
'मैं संपूर्ण जीवन के साथ एकाकार हूँ। मैं किसी अपराध बोध का शिकार नहीं हूँ। मैंने स्वयं को माफ किया है।'

दूसरा सप्ताह — 8 — सोमवार
'मैं ईश्वर की दौलत हूँ, कोई गलत शक्ति मुझे छू नहीं सकती।'

हर दिन का स्वसंवाद

दूसरा सप्ताह - 9 मंगलवार
'मैं अपनी भावनाओं को जाहिर करता हूँ क्योंकि अपनी भावनाओं को जाहिर करना सुरक्षित है।'

दूसरा सप्ताह - 10 बुधवार
'मेरा मन मैं नहीं। मन मेरा हथियार है, मेरा हथियार मैं नहीं। मेरा शरीर मैं नहीं, शरीर मेरा मित्र है।'

दूसरा सप्ताह - 11 गुरूवार
'मैं अपने अनुभवों को प्यार, खुशी और सहजता से सँभालता हूँ। मेरे हाथों और स्वसंवाद में जादू है।'

दूसरा सप्ताह - 12 शुक्रवार
'मेरा दिल प्यार की लय पर थिरकता है। मेरा हृदय सभी के साथ नृत्य अभिव्यक्ति करता है।'

दूसरा सप्ताह - 13 शनिवार
'मैं नम्रता और प्यार से बोलता हूँ। मैं केवल आनंद, ज्ञान और प्रेम बाँटना चाहता हूँ।'

दूसरा सप्ताह - 14 रविवार
'मैं शानदार हूँ। मैं शान से परे नहीं जाता हूँ। परेशान होना मैंने छोड़ दिया है।'

तीसरा सप्ताह - 15 सोमवार
'मैं जीवन के केंद्र (हृदय) में हूँ। मैं जो भी देखता हूँ उसे, उस केंद्र से स्वीकार करता हूँ।'

तीसरा सप्ताह - 16 मंगलवार
'मैं आलोचना से मुक्त हूँ। मैं शिकायत करना और इल्जाम लगाना छोड़ चुका हूँ। मैं आसानी से परिवर्तन के अनुरूप ढल जाता हूँ। मेरे जीवन को दिव्य मार्गदर्शन प्राप्त है इसलिए मैं सदा सही दिशा में ही बढ़ता हूँ।'

हर दिन का स्वसंवाद

तीसरा सप्ताह **17** बुधवार

'प्यार जीवन को रोगमुक्त करता है। मैं सबसे प्यार करता हूँ। मैं सबको माफ करता हूँ। सब मुझे क्षमा करते हैं। मैं ईश्वर का बच्चा हूँ।'

तीसरा सप्ताह **18** गुरूवार

'मैं जीवन को पूरी तरह से ग्रहण करता हूँ। मैं कोई प्रतिरोध नहीं जानता। मैं प्यार से जीवन को पूरी तरह से जीता हूँ।

तीसरा सप्ताह **19** शुक्रवार

'मैं पूर्ण हूँ, पूर्ण से हर काम पूर्ण और समय पर होते हैं।'

तीसरा सप्ताह **20** शनिवार

'मैं सदा सही रहने के तनाव को मुक्त करता हूँ। सही समय पर सही कार्य मुझसे सहजता से होते हैं।'

तीसरा सप्ताह **21** रविवार

'कुदरत ने मुझे हर चीज से निपटने की शक्ति दी है। मैं हर अनुभव, बिना परेशान हुए करना चाहता हूँ। मैं उत्साह और ऊर्जा से भरपूर हूँ।'

चौथा सप्ताह **22** सोमवार

'मैं पुरानी सीमाओं से आगे निकलकर उत्तम जीवन जीने को तैयार हूँ। अब मैं मुक्त रूप से अपने गुण अभिव्यक्त कर रहा हूँ।'

चौथा सप्ताह **23** मंगलवार

'जो समस्या मुझे मार ही नहीं डालती वह मुझे मजबूत करती है।'

चौथा सप्ताह **24** बुधवार

'ईश्वर बीमार नहीं हो सकता इसलिए मैं भी बीमार नहीं हो सकता।'

हर दिन का स्वसंवाद

चौथा सप्ताह 25 गुरूवार — 'मैं ईश्वर की रचना का अंश हूँ इसलिए मैं रचनात्मक और सृजनात्मक गतिविधियों में भाग लेता हूँ।'

चौथा सप्ताह 26 शुक्रवार — 'मैं अपने आपको बदलने, आगे बढ़ने तथा नए भविष्य का निर्माण करने के लिए उत्सुक हूँ।'

चौथा सप्ताह 27 शनिवार — 'मैं हर साँस के साथ जीवन की अच्छाइयाँ और कृपा सहजता से ग्रहण करता हूँ।'

चौथा सप्ताह 28 रविवार — 'मेरे जीवन में सदा तेज कर्म घटित हो रहे हैं। मुझे प्रत्येक अनुभव से केवल अच्छाई ही मिलती है।'

पाँचवाँ सप्ताह 29 सोमवार — 'हर रोज दुनिया में चमत्कार हो रहे हैं। अब मैं दिव्य इलाज को स्वीकार करता हूँ। मैं पुरानी स्वसंवाद की भाषा को खत्म करता हूँ और उस दिव्य शक्ति को अपने ऊपर काम करने दे रहा हूँ जो सूरज, चाँद, तारों को दिव्य योजना अनुसार चलाती है।'

पाँचवाँ सप्ताह 30 मंगलवार — 'मैं जीवन की कार्यप्रणाली पर विश्वास करता हूँ। जो समुंदर के प्राणियों का भी खयाल रखता है, वह मेरा भी खयाल रखता है।'

हमें यह नहीं देखना है कि सामनेवाला कैसे गलत है, हमें यह देखना है कि सामनेवाला कैसे सही है।

परिशिष्ट

तेजज्ञान फाउण्डेशन का परिचय

तेजज्ञान फाउण्डेशन आत्मविकास से आत्मसाक्षात्कार प्राप्त करने का एक रास्ता है। इसके लिए सरश्री द्वारा एक अनूठी बोध पद्धति (System for Wisdom) का सृजन हुआ है। इस पद्धति को अन्तर्राष्ट्रीय मानक ISO 9001:2015 के आवश्यकताओं एवं निर्देशों के अनुरूप ढालकर सरल, व्यावहारिक एवं प्रभावी बनाया गया है।

इस संस्था की बोध पद्धति के विभिन्न पहलुओं (शिक्षण, निरीक्षण व गुणवत्ता) को स्वतंत्र गुणवत्ता परीक्षकों (Quality Auditors) द्वारा क्रमबद्ध तरीके से जाँचा गया। जिसके बाद इन पहलुओं को ISO 9001:2015 के अनुरूप पाकर, इस बोध पद्धति को प्रमाणित किया गया है।

फाउण्डेशन का लक्ष्य आपको नकारात्मक विचार से सकारात्मक विचार की ओर बढ़ाना है। सकारात्मक विचार से शुभ विचार यानी हॅपी थॉट्स (विधायक आनंदपूर्ण विचार) और शुभ विचार से निर्विचार की ओर बढ़ा जा सकता है। निर्विचार से ही आत्मसाक्षात्कार संभव है। शुभ विचार (Happy Thoughts) यानी यह विचार कि 'मैं हर विचार से मुक्त हो जाऊँ।' शुभ इच्छा यानी यह इच्छा कि 'मैं हर इच्छा से मुक्त हो जाऊँ।'

ज्ञान का अर्थ है सामान्य ज्ञान लेकिन तेजज्ञान यानी वह ज्ञान जो ज्ञान व अज्ञान के परे है। कई लोग सामान्य ज्ञान की जानकारी को ही ज्ञान समझ लेते हैं लेकिन असली ज्ञान और जानकारी में बहुत अंतर है। आज लोग सामान्य ज्ञान के जवाबों को ज्यादा महत्त्व देते हैं। उदाहरण के तौर पर- कर्म और भाग्य, योग और प्राणायाम, स्वर्ग और नर्क इत्यादि। आज के युग में सामान्य ज्ञान प्रदान करनेवाले लोग और शिक्षक कई मिल जाएँगे मगर इस ज्ञान को पाकर जीवन में कोई बड़ा परिवर्तन नहीं होता। यह ज्ञान या तो केवल बुद्धि विलास है या फिर अध्यात्म के नाम पर बुद्धि का व्यायाम है।

सभी समस्याओं का समाधान है तेजज्ञान। भय से मुक्ति, चिंतारहित व क्रोध से आज़ाद जीवन है तेजज्ञान। शारीरिक, मानसिक, सामाजिक, आर्थिक और आध्यात्मिक उन्नति के लिए है तेजज्ञान। तेजज्ञान आपके अंदर है, आएँ और इसे पाएँ।

यदि आप ऐसा ज्ञान चाहते हैं, जो सामान्य ज्ञान के परे हो, जो हर समस्या का समाधान हो, जो सभी मान्यताओं से आपको मुक्त करे, जो आपको ईश्वर का साक्षात्कार कराए, जो आपको सत्य पर स्थापित करे तो समय आ गया है तेजज्ञान को जानने का। समय आ गया है शब्दोंवाले सामान्य ज्ञान से उठकर तेजज्ञान का अनुभव करने का।

अब तक अध्यात्म के अनेक मार्ग बताए गए हैं। जैसे जप, तप, मंत्र, तंत्र, कर्म, भाग्य, ध्यान, ज्ञान, योग और भक्ति आदि। इन मार्गों के अंत में जो समझ, जो बोध प्राप्त होता है, वह एक ही है। सत्य के हर खोजी को अंत में एक ही समझ मिलती है और इस समझ को

सुनकर भी प्राप्त किया जा सकता है। उसी समझ को सुनना यानी तेजज्ञान प्राप्त करना है। तेजज्ञान के श्रवण से सत्य का साक्षात्कार होता है, ईश्वर का अनुभव होता है।यही तेजज्ञान सरश्री महाआसमानी शिविर में प्रदान करते हैं।

महाआसमानी परम ज्ञान शिविर परिचय और लाभ (निवासी)

क्या आपको उच्चतम आनंद पाने की इच्छा है? ऐसा आनंद, जो किसी कारण पर निर्भर नहीं है, जिसमें समय के साथ केवल बढ़ोतरी ही होती है। क्या आप इसी जीवन में प्रेम, विश्वास, शांति, समृद्धि और परमसंतुष्टि पाना चाहते हैं? क्या आप शारीरिक, मानसिक, सामाजिक, आर्थिक और आध्यात्मिक इन सभी स्तरों पर सफलता हासिल करना चाहते हैं? क्या आप 'मैं कौन हूँ' इस सवाल का जवाब अनुभव से जानना चाहते हैं?

यदि आपके अंदर इन सवालों के जवाब जानने की और 'अंतिम सत्य' प्राप्त करने की प्यास जगी है तो तेजज्ञान फाउण्डेशन द्वारा आयोजित 'महाआसमानी परम ज्ञान शिविर' में आपका स्वागत है। यह शिविर पूर्णतः सरश्री की शिक्षाओं पर आधारित है। सरश्री आज के युग के आध्यात्मिक गुरु और 'तेजज्ञान फाउण्डेशन' के संस्थापक हैं, जो अत्यंत सरलता से आज की लोकभाषा में आध्यात्मिक समझ प्रदान करते हैं।

महाआसमानी परम ज्ञान शिविर का उद्देश्य :

इस शिविर का उद्देश्य है, 'विश्व का हर इंसान 'मैं कौन हूँ' इस सवाल का जवाब जानकर सर्वोच्च आनंद में स्थापित हो जाए।' उसे ऐसा ज्ञान मिले, जिससे वह हर पल वर्तमान में जीने की कला प्राप्त करे। भूतकाल का बोझ और भविष्य की चिंता इन दोनों से मुक्त हो जाए। हर इंसान के जीवन में स्थायी खुशी, सही समझ और समस्याओं को विलीन करने की कला आ जाए। मनुष्य जीवन का उद्देश्य पूर्ण हो।

'मैं कौन हूँ? मैं यहाँ क्यों हूँ? मोक्ष का अर्थ क्या है? क्या इसी जन्म में मोक्ष प्राप्ति संभव है?' यदि ये सवाल आपके अंदर हैं तो महाआसमानी परम ज्ञान शिविर इसका जवाब है।

महाआसमानी परम ज्ञान शिविर के मुख्य लाभ :

इस शिविर के लाभ तो अनगिनत हैं मगर कुछ मुख्य लाभ इस प्रकार हैं-

* जीवन में दमदार लक्ष्य प्राप्त होता है।
* 'मैं कौन हूँ' यह अनुभव से जानना (सेल्फ रियलाइजेशन) होता है।
* मन के सभी विकार विलीन होते हैं।

* भय, चिंता, क्रोध, बोरडम, मोह, तनाव जैसी कई नकारात्मक बातों से मुक्ति मिलती है।
* प्रेम, आनंद, मौन, समृद्धि, संतुष्टि, विश्वास जैसे कई दिव्य गुणों से युक्ति होती है।
* सीधा, सरल और शक्तिशाली जीवन प्राप्त होता है।
* हर समस्या का समाधान प्राप्त करने की कला मिलती है।
* 'हर पल वर्तमान में जीना' यह आपका स्वभाव बन जाता है।
* आपके अंदर छिपी सभी संभावनाएँ खुल जाती हैं।
* इसी जीवन में मोक्ष (मुक्ति) प्राप्त होता है।

महाआसमानी परम ज्ञान शिविर में भाग कैसे लें?

इस शिविर में भाग लेने के लिए आपको कुछ खास माँगें पूरी करनी होती हैं। जैसे-

१) आपकी उम्र कम से कम अठारह साल या उससे ऊपर होनी चाहिए।

२) आपको सत्य स्थापना शिविर (फाउण्डेशन ट्रुथ रिट्रीट) में भाग लेना होगा, जहाँ आप सीखेंगे- वर्तमान के हर पल को कैसे जीया जाए और निर्विचार अवस्था में कैसे प्रवेश पाएँ।

३) आपको कुछ प्राथमिक प्रवचनों में भाग लेना है, जहाँ आप बुनियादी समझ आत्मसात कर, महाआसमानी परम ज्ञान शिविर के लिए तैयार होते हैं।

यह शिविर एक या दो महीने के अंतराल में आयोजित किया जाता है, जिसका लाभ हज़ारों खोजी उठाते हैं। इस शिविर की तैयारी आप दो तरीके से कर सकते हैं। पहला तरी-का- मनन आश्रम (पूना) में ५ दिवसीय निवासी शिविर में भाग लेकर, दूसरा तरीका- तेजज्ञान फाउण्डेशन के नजदीकी सेंटर पर सत्य श्रवण द्वारा। जैसे- पुणे, मुंबई, दिल्ली, सांगली, सातारा, जलगाँव, अहमदाबाद, कोल्हापुर, नासिक, अहमदनगर, औरंगाबाद, सूरत, बरोडा, नागपुर, भोपाल, रायपुर, चेन्नई, वर्धा, अमरावती, चंद्रपुर, यवतमाल, रत्नागिरी, लातूर, बीड, नांदेड, परभणी, पनवेल, ठाणे, सोलापुर, पंढरपुर, अकोला, बुलढाणा, धुले, भुसावल, बैंगलोर, बेलगाम, धारवाड, भुवनेश्वर, कोलकत्ता, राँची, लखनऊ, कानपुर, चंदीगढ़, जयपुर, पणजी, म्हापसा, इंदौर, इटारसी, हरदा, विदिशा, बुरहानपुर।

इनके अतिरिक्त आप महाआसमानी की तैयारी फाउण्डेशन में उपलब्ध सरश्री द्वारा रचित पुस्तकें, सी.डी., कैसेटस् या यू ट्यूब के संदेश सुनकर भी कर सकते हैं। मगर याद रहे ये पुस्तकें, कैसेटस्, यू ट्यूब के प्रवचन शिविर का परिचय मात्र है, तेजज्ञान नहीं। आप महाआसमानी परम ज्ञान शिविर में भाग लेकर ही तेजज्ञान का आनंद ले सकते हैं। आ-गामी महाआसमानी परम ज्ञान शिविर में अपना स्थान आरक्षित करने के लिए संपर्क करें : ०९९२१००८०६०/७५, ९०११०१३२०८

महाआसमानी परम ज्ञान शिविर स्थान

यह शिविर पुणे में स्थित मनन आश्रम पर आयोजित किया जाता है। 'मनन आश्रम' पुणे शहर के बाहरी क्षेत्र में पहाड़ों और निसर्ग के असीम सौंदर्य के बीच बसा हुआ है। इस आश्रम में पुरुषों और महिलाओं के लिए अलग-अलग, कुल मिलाकर ७०० से ८०० लोगों के रहने की व्यवस्था है। यह आश्रम पुणे शहर से १७ किलो मीटर की दूरी पर है। हवाई अड्डा, हाइवे और रेल्वे से पुणे आसानी से आ-जा सकते हैं। मनन आश्रम : मनन आश्रम, पुणे, सर्वे नं. ४३, सनस नगर, नांदोशी गाँव, किरकट वाडी फाटा, तहसील - हवेली, जिला : पुणे - ४११०२४. फोन : 09921008060

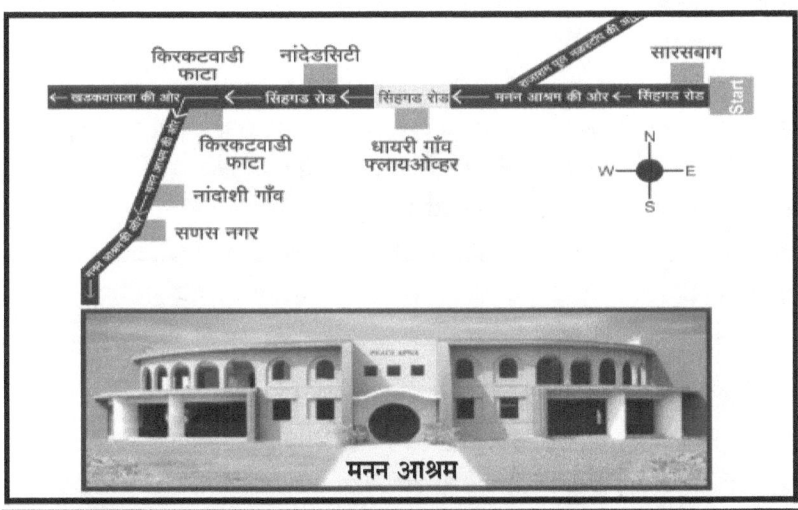

मनन आश्रम

अब एक क्लिक पर ही शिविर का रजिस्ट्रेशन !

तेजज्ञान फाउण्डेशन की इन शिविरों के लिए
अब आप ऑनलाईन रजिस्ट्रेशन भी कर सकते हैं–

* महाआसमानी महानिवासी शिविर (पाँच दिवसीय निवासी शिविर)
* मैजिक ऑफ अवेकनिंग (केवल अंग्रेजी भाषा जाननेवालों के लिए तीन दिवसीय निवासी शिविर)
* मिनी महाआसमानी (निवासी) शिविर, युवाओं के लिए

रजिस्ट्रेशन के लिए आज ही लॉग इन करें

www.tejgyan.org

तेजज्ञान ग्लोबल फाउण्डेशन की श्रेष्ठ पुस्तकें

असंभव कैसे करें संभव

हातिम से सीखें साहस और निःस्वार्थ जीवन का राज़

Total Pages - 176

Price - 100/-

हातिम के किस्से विश्व प्रसिद्ध हैं जो आपको रहस्य, रोमांच और साहस की तिलस्मी दुनिया में ले जाते हैं। लेकिन इस बार यह साहस आपको दिखाना है और सात नहीं बल्कि चौदह सवालों के जवाब खोजने हैं पर एक अलग ढंग से। यह खोज जंगलों में, पर्वतों पर, रेगिस्तानों में नहीं बल्कि स्वयं के भीतर ही डुबकी लगाकर करनी है।

इस खोज में यह पुस्तक आपकी मार्गदर्शक बनेगी। जो पहले आपको सवाल देगी, फिर आपसे उनके जवाबों की खोज करवाएगी। ये जवाब आपको सिखाएँगे-

१. असंभव कैसे बने संभव? वहम, तथ्य, सत्य और परमसत्य का रहस्य क्या है?

२. कुदरत से कैसा ताल-मेल बनाएँ ताकि लक्ष्य सहजता से प्राप्त हो?

३. दुःख से बाहर आने की कला क्या है, आनंदित अवस्था कैसे पाएँ?

४. निःस्वार्थ जीवन की शक्ति क्या है, इसे अपनाना क्यों ज़रूरी है?

५. कर्म विज्ञान क्या है, कर्म बंधनों से मुक्ति कैसे पाएँ?

६. प्रेम, आनंद, शांति, संपन्नता, स्वास्थ्य, मधुर रिश्तोंभरा जीवन कैसे पाएँ?

७. मृत्यु और जीवन का रहस्य क्या है? मुक्ति क्या है, इसे कैसे प्राप्त करें?

तो चलिए हातिम बनकर सात-सात वचनों के साथ आंतरिक खोज का शुभारंभ करें और वह सब कुछ प्राप्त करें, जिसे पाने के लिए आप पृथ्वी पर आए हैं।

समग्र लोकव्यवहार
मित्रता और रिश्ते निभाने की कला

Total Pages - 184
Price - 150/-

लोक व्यवहार चुनने की आज़ादी आपके हाथ में है। आश्चर्य की बात है कि इंसान अपना व्यवहार खुद चुनकर नहीं करता। उसका व्यवहार दूसरों के व्यवहार पर निर्भर होता है। जैसे 'उसने मेरे साथ गलत व्यवहार किया इसलिए मैंने भी उसे भला-बुरा कहा... उसने मुझसे टेढ़े तरीके से बात की इसलिए मैंने क्रोध किया...', ऐसी बातें तो अकसर आप सुनते व बोलते हैं। इसका अर्थ है कि सामनेवाला जैसा चाहे, वैसा व्यवहार हमसे निकलवा सकता है। यह दिखाता है कि हम बँधे हुए हैं। स्वयं को इस बंधन से मुक्त करने के लिए लोक व्यवहार की कला सीखें। इस पुस्तक से आप सीखेंगे –

* व्यवहार चुनने के लिए आज़ाद होने का मार्ग और उस पर चलने का राज़।
* उच्चतम व्यवहार कब-कैसे किया जाए।
* रिश्तों में सफलता हासिल करने के लिए लोक व्यवहार का सही तरीका।
* मित्रता और रिश्ते निभाने की कला
* चार तरह के व्यवहार का ज्ञान
* सही समय पर सही व्यवहार कैसे किया जाए
* समग्र व्यवहार सीखने की विधि
* दर्द और दुःख में योग्य व्यवहार करने की कला

यह पुस्तक आपको मित्रता और रिश्ते निभाने तथा समग्र लोक व्यवहार की कला सिखाएगी। यह पुस्तक समग्र जीवन की कूँजी है। इस कूँजी द्वारा आप लोक व्यवहार कुशलता के खज़ाने का ताला बड़ी कुशलता से खोल पाएँगे।

स्वीकार का जादू
तुरंत खुशी कैसे पाएँ
Total Pages - 136
Price - 95/-
Also available in Marathi & English

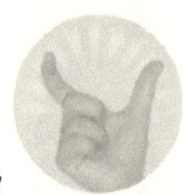

स्वीकार करना वह मंत्र है, जो तुरंत खुशी पाने के लिए सहायक होता है। जीवन के प्रत्येक पहलू पर स्वीकार का जादू असर करता है। सरश्री के संदेशों को समाहित करती यह पुस्तक स्वीकार के मर्म को प्रस्तुत करती है। ये संदेश हमारे तनावभरे जीवन में रोशनी के वे किरण हैं, जो ज्ञान के सूरज तक पहुँचाने में हमारी सहायता करते हैं।

पुस्तक के प्रथम खण्ड में स्वीकार से खुशी तक का मार्ग प्राप्त करने का विशेष उपाय बताया गया है। इसके साथ ही अस्वीकार को भी कैसे स्वीकार किया जा सकता है? इस पर गहन प्रकाश डाला गया है। इसके द्वारा हम अनेक समस्याओं को स्वीकार कर अपने विकास की दिशा में आगे बढ़ सकते हैं। इसके अलावा भय, बाधाओं और कुविचारों के बंधन से मुक्त होने का उपाय भी जान सकते हैं।

पुस्तक का दूसरा खण्ड सात प्रकार की खुशियों पर विस्तारपूर्वक प्रकाश डालता है। इसके माध्यम से खुशी के असली कारण का राज भी जाना जा सकता है। पुस्तक का अध्ययन हर वर्ग के लिए लाभप्रद है, चाहे वे गृहस्थ हों या फिर विद्यार्थी, नौकरीपेशा, व्यापारी, वृद्ध अथवा युवा। पुस्तक में आम दिनचर्या में शामिल हरेक पहलुओं और घटनाओं को शामिल किया गया है।

पुस्तक के अंत में ज्ञान और तेजज्ञान में अंतर पर विस्तार से जानकारी देकर जीवन की दशा और दिशा को सुधारने का उपाय बताया गया है।

पंचलाइन :-

तनावपूर्ण जीवन को सरल, सहज और आनंदित बनाने में यह पुस्तक एक जादुई मंत्र है। इसके द्वारा आप दिन-प्रतिदिन की घटनाओं और समस्याओं को स्वीकार कर खुशी पाने का रहस्य जान सकते हैं। इस प्रकार हरेक घटना को स्वीकार कर सफल और सुखद जीवन भी जी सकते हैं। इसके अतिरिक्त अस्वीकार को भी स्वीकार कर पाने की चुनौती कैसे स्वीकार की जा सकती है-इसका उपाय इस पुस्तक में बताया गया है।

धीरज का जादू
संतुलित जीवन संगीत 8

Total Pages - 168
Price - 150/-

धीरज में ताकत है, धीरज में जादू है। धीरज निरंतर प्रयास है, प्रहार है, जो हर मुसीबत से आपको निकाल सकता है। हर कार्य के साथ यदि धीरज जुड़ जाए तो जीवन सीधा, सहज, सरल बन सकता है।

धीरज की शक्ति का सही और पूर्ण लाभ कैसे प्राप्त किया जाए, सरश्री ने इस पुस्तक के माध्यम से विस्तारपूर्वक समझाया है। मनोवांछित परिणाम प्राप्त करने में धीरज का जादुई असर होता है। धीरज का जादू संतुलित जीवन का संगीत बनकर दुःखद जीवन में सुख, शांति और समृद्धि भर देता है।

मूलतः तीन खण्डों में विभक्त यह पुस्तक धीरज का धनवान बनाने में हमारी मदद करती है। धैर्य, संयम, सहनशीलता ग्रहण करने का उपाय बताती है। 'वॉच, वेट विथ वंडर' अर्थात हर घटना को आश्चर्य से देखना और अगले पल का इंतजार करने की कला सिखाती है। यही सीखी गई कला हमें सुलझनभरा संतुलित जीवन जीने में काम आएगी।

इस पुस्तक में कई प्रेरक कहानियाँ ली गई हैं। इन कहानियों के द्वारा हम सब्र के मीठे फल की वास्तविकता को आसानी से समझ पाएँगे। यह पुस्तक धीरज के जादुई चमत्कार से वाकिफ कराने की सफल मार्गदर्शिका है, इसका अध्ययन हमारे जीवन को सीधा, सहज और सरल बना देता है। इसलिए जरूरी है कि आप धीरज पाने के लिए धीरज के साथ प्रयत्नशील रहें।

इमोशन्स पर जीत

दुःखद भावनाओं से मुलाकात कैसे करें
Total Pages - 176
Price - 135/-

अपनी भावनाओं को दुश्मन नहीं, दोस्त बनाने के लिए पढ़ें...

* दुःखद भावनाओं से मुक्ति का मार्ग
* क्या रोना अच्छा है या कमज़ोरी है
* असुरक्षा की भावना से मुक्ति कैसे मिले
* भावनाओं को मुक्त करने के चार योग्य तरीके
* भावनाओं से मुलाकात करने के चार उच्चतम तरीके
* भावनाओं को अभिव्यक्त करने के सच्चे तरीके

आपका इमोशनल कोशंट –EQ– कितना है?

क्या आपसे किसी ने उपरोक्त सवाल पूछा है?

आज लोग आय.क्यू. का महत्त्व तो समझते हैं परंतु इ.क्यू. (इमोशनल कोशंट) का महत्त्व उससे अधिक है, यह कम लोग जानते हैं।

भावनाओं से जूझ रहे इंसान के पास यदि 'इ.क्यू.' है तो वह जीवन की हर बाज़ी को पलट सकता है। परंतु यदि उसके पास इ.क्यू. नहीं है और केवल आय.क्यू. है तो उस कार्य को कर पाना उसके लिए मुश्किल हो सकता है। इसी लिए भावनात्मक परिपक्वता पाना महत्त्वपूर्ण है।

सिर्फ उम्र से बड़ा होना परिपक्वता नहीं है, भावनाओं से प्रभावित हुए बिना उनसे गुज़रकर, उनको सही रूप में देखने की कला सीखकर ही इंसान भावनात्मक रूप से परिपक्व बनता है। यही परिपक्वता आपको प्रदान करती है यह पुस्तक।

भावनाओं से मुक्ति पाने के दो ही तरीके इंसान ने सीखे हैं- एक है उन्हें निगलना और दूसरा है उगलना। जबकि भावनाओं को मुक्त करने के अनेक अचूक तरीके हैं, जो इस पुस्तक में आपको बताए गए हैं।

यह पुस्तक आपको भावनाओं के भँवर से निकालकर, प्रेम का टीका लगाएगी ताकि आपको कभी नकारात्मकता छू न पाए।

सुनहरा नियम

रिश्तों में नई सुगंध

Pages - 216
Price - 140/-

एक साथ मिल-जुलकर रहने और प्यार का दूसरा नाम है परिवार पर सच यह भी है कि दुनिया में ऐसा कोई कुटुंब नहीं, जहाँ पर कभी न कभी तकरार न होती हो। सवाल यह है कि परिवार में सभी सदस्य एक-दूसरे के शुभचिंतक होते हैं लेकिन फिर भी उनके बीच झगड़े क्यों होते हैं? हर कोई चाहता है कि परिवार में सुख-शांति हो, फिर भी ऐसा नहीं होता। आखिर इसका कारण क्या है? इसी विषय पर मनन और व्यावहारिक ज्ञान से गुंथी है सरश्री की नई पुस्तक 'सुनहरा नियम'।

तेजज्ञान ग्लोबल फाउंडेशन द्वारा अत्यंत सरल और सहज हिंदी में प्रकाशित यह पुस्तक परिवार को प्रेम, आनंद और मौन के धागे से बाँधने का सही रास्ता दिखाती है।

इस पुस्तक के तीस छोटे-छोटे अध्यायों में रोचक उदाहरणों, बेमिसाल उपमाओं और जहाँ आवश्यकता है वहाँ सवाल-जवाब के जरिए परिवार को एकजुट बनाए रखने की प्रैक्टिकल बातें बताई गई हैं। चाहे वह परिवार के सभी सदस्यों को समान प्लेटफॉर्म देने की बात हो या बाहरी लोगों के उकसावे से बचाने की, क्षमा का महत्त्व हो या प्रायश्चित का रहस्य, यह पुस्तक आपको एक बार फिर से सरश्री की अनूठी समझ का कायल बना देती है।

– तेजज्ञान इंटरनेट रेडियो –

२४ घंटे और ३६५ दिन सरश्री के प्रवचन और भजनों का लाभ लें,
तेजज्ञान इंटरनेट रेडियो द्वारा। देखें लिंक
http://www.tejgyan.org/internetradio.aspx

हर रविवार सुबह १०.०५ से १०.१५ तक रेडियो विविध भारती, एफ. एम. पुणे पर 'हॅपी थॉट्स कार्यक्रम'

www.youtube.com/tejgyan
पर भी सरश्री के प्रवचनों का लाभ ले सकते हैं।
For online shoping visit us - www.tejgyan.org,
www.gethappythoughts.org

पुस्तकें प्राप्त करने के लिए नीचे दिए गए पते पर मनीऑर्डर द्वारा पुस्तक का मूल्य भेज सकते हैं। पुस्तकें रजिस्टर्ड, कुरियर अथवा वी.पी.पी. द्वारा भेजी जाती हैं। पुस्तकों के लिए नीचे दिए गए पते पर संपर्क करें।
WOW Publishings Pvt. Ltd.
✴ रजिस्टर्ड ऑफिस – इ- ४, वैभव नगर, तपोवन मंदिर के नज़दीक, पिंपरी, पुणे – ४११०१७
✴ पोस्ट बॉक्स नं. ३६, पिंपरी कॉलोनी पोस्ट ऑफिस, पिंपरी, पुणे – ४११०१७ फोन नं.: 09011013210 / 9623457873
आप ऑन-लाइन शॉपिंग द्वारा भी पुस्तकों का ऑर्डर दे सकते हैं।
लॉग इन करें - www.gethappythoughts.org
३०० रुपयों से अधिक पुस्तकें मँगवाने पर डाक-व्यय के साथ १०% की छूट।

e-mail
mail@tejgyan.com

website
www.tejgyan.org, www.gethappythoughts.org

- विश्व शांति प्रार्थना -

'पृथ्वी पर सफेद रोशनी (दिव्य शक्ति) आ रही है।
पृथ्वी से सुनहरी रोशनी (चेतना) उभर रही है।
विश्व से सारी नकारात्मकता दूर हो रही है।
सभी प्रेम, आनंद और शांति के लिए
खुल रहे हैं, खिल रहे हैं।'

यह 'सामूहिक अव्यक्तिगत प्रार्थना' तेजज्ञान फाउण्डेशन के सदस्य पिछले कई सालों से निरंतरता से कर रहे हैं। खुश लोग यह प्रार्थना कर सकते हैं और बीमार, दुःखी लोग उस वक्त एक जगह बैठकर इस प्रार्थना को ग्रहण कर स्वास्थ्य लाभ पा सकते हैं।

यदि इस वक्त आप परेशान या बीमार हैं तो रोज़ सुबह या रात 9:09 को केवल ग्रहणशील होकर इस भाव से बैठें कि 'स्वास्थ्य और शांति की सफेद रोशनी जो इस वक्त प्रार्थना में बैठे कई लोगों द्वारा नीचे पृथ्वी पर उतर रही है, वह मुझमें भी अपना कार्य कर रही है। मैं स्वस्थ और शांत हो रहा हूँ।' कुछ देर इस भाव में रहकर आप सबको धन्यवाद देकर उठें।

तेजज्ञान फाउण्डेशन – मुख्य शाखाएँ

पुणे (रजिस्टर्ड ऑफिस)
विक्रांत कॉम्प्लेक्स, तपोवन मंदिर के नज़दीक,
पिंपरी, पुणे-४११ ०१७. फोन : 020-27411240, 27412576

मनन आश्रम
सर्वे नं. ४३, सनस नगर, नांदोशी गाँव, किरकटवाडी फाटा,
तहसील- हवेली, जिला- पुणे - ४११ ०२४.
फोन : 09921008060

e-books
•The Source •Complete Meditation
•Ultimate Purpose of Success •Enlightenment
•Inner Magic •Celebrating Relationships
•Essence of Devotion •Master of Siddhartha
•Self Encounter, and many more.
Also available in Hindi at www.gethappythoughts.org

e-magazines
'Yogya Aarogya' & 'Drushtilakshya'
emagazines available on www.magzter.com

यह पुस्तक पढ़ने के बाद आप अपना अभिप्राय (विचार सेवा) इस पते पर भेज सकते हैं ... Tejgyan Global Foundation, Pimpri Colony Post office, P.O. Box 25, Pune - 411 017. Maharashtra (India).

www.ingramcontent.com/pod-product-compliance
Lightning Source LLC
LaVergne TN
LVHW091047100526
838202LV00077B/3062
* 9 7 8 8 1 8 4 1 5 3 6 1 3 *